Deborah Levy

Bens imobiliários

TRADUÇÃO
Adriana Lisboa

autêntica contemporânea

Copyright © 2021 Deborah Levy

Título original: *Real Estate*

"O 18°", de Deborah Levy, foi publicado pela primeira vez na revista *Port*, edição 24 de 2019, como parte da seção de comentários, editada por Sylvia Whitman.
Deborah Levy faz referências a "My Beautiful Brothel Creepers" [Meus lindos sapatos *creepers*], publicado em *A Second Skin: Women Write about Clothes* [Uma segunda pele: mulheres escrevem sobre roupas], editado por Kirsty Dunseath (The Women's Press, 1998).

Todos os direitos reservados pela Autêntica Editora Ltda. Nenhuma parte desta publicação poderá ser reproduzida, seja por meios mecânicos, eletrônicos, seja via cópia xerográfica, sem a autorização prévia da Editora.

EDITORAS RESPONSÁVEIS
Ana Elisa Ribeiro
Rafaela Lamas

PREPARAÇÃO
Sonia Junqueira

REVISÃO
Marina Guedes

CAPA
Allesblau

IMAGEM DE CAPA
Rafaela Pascotto

DIAGRAMAÇÃO
Waldênia Alvarenga

Dados Internacionais de Catalogação na Publicação (CIP)
(Câmara Brasileira do Livro, SP, Brasil)

Levy, Deborah
  Bens imobiliários / Deborah Levy ; tradução Adriana Lisboa. -- 1. ed. -- Belo Horizonte, MG : Autêntica Contemporânea, 2023.

  Título original: Real Estate

  ISBN 978-65-5928-228-9

  1. Memórias autobiográficas I. Título.

  22-133111   CDD-828

Índices para catálogo sistemático:
1. Memórias autobiográficas : Literatura inglesa 828

Aline Graziele Benitez - Bibliotecária - CRB-1/3129

A **AUTÊNTICA CONTEMPORÂNEA** É UMA EDITORA DO **GRUPO AUTÊNTICA**

Belo Horizonte
Rua Carlos Turner, 420
Silveira . 31140-520
Belo Horizonte . MG
Tel.: (55 31) 3465 4500

São Paulo
Av. Paulista, 2.073 . Conjunto Nacional
Horsa I . Sala 309 . Bela Vista
01311-940 . São Paulo . SP
Tel.: (55 11) 3034 4468

www.grupoautentica.com.br
SAC: atendimentoleitor@grupoautentica.com.br

Estou diante desta paisagem feminina
Como um ramo no fogo.
Paul Éluard, "O êxtase"

1

LONDRES

No inverno de 2018, em janeiro, comprei uma pequena bananeira num quiosque de flores na entrada da estação Shoreditch High Street. Ela me seduziu com suas grandes e trêmulas folhas verdes e também com as novas folhas que estavam enroladas, esperando para se esticar no mundo. A mulher que me vendeu a planta tinha longos cílios postiços, de um preto-azulado e voluptuoso. Na minha fantasia, seus cílios se estendiam das lojas de bagels e dos paralelepípedos cinzentos na parte leste de Londres aos desertos e montanhas do Novo México. As delicadas flores de inverno em seu quiosque me fizeram pensar na artista Georgia O'Keeffe e no modo como ela pintava flores. Era como se estivesse apresentando cada uma a nós pela primeira vez. Nas mãos de O'Keeffe, elas se tornavam peculiares, sexuais, misteriosas. Às vezes suas flores pareciam ter parado de respirar sob o escrutínio do seu olhar.

> Quando você segura uma flor e realmente a olha, ela é o seu mundo naquele momento. Eu quero dar esse mundo a outra pessoa.
>
> Georgia O'Keeffe, citada pelo *New York Post*, 16 de maio de 1946

Ela havia encontrado sua casa definitiva no Novo México, um lugar onde viver e trabalhar no seu ritmo. Como insistia, era algo que ela precisava ter. Passou anos reformando aquela casa de adobe no deserto antes de finalmente se mudar para lá. Há algum tempo, quando viajei a Santa Fé, Novo México, em parte para ver a casa de O'Keeffe, lembro-me de ter me sentido tonta quando cheguei ao aeroporto de Albuquerque. Meu motorista disse que era porque estávamos a 1.800 metros acima do nível do mar. O restaurante do meu hotel, de propriedade de uma família de indígenas estadunidenses, tinha uma alta lareira de adobe construída na parede, no formato de um ovo de avestruz. Eu nunca tinha visto uma lareira oval antes. Era outubro e nevava, então puxei uma cadeira para a frente das lenhas incandescentes e bebi uma xícara de mescal claro com sabor defumado, que aparentemente era bom para os males que sentimos acima do nível do mar. A lareira curva fazia com que eu me sentisse acolhida e tranquila. Ela me puxava para o seu centro. Sim, eu adorava aquele ovo queimando. Aquela lareira *era algo que eu tinha que ter.*

Eu também estava procurando uma casa onde pudesse viver e trabalhar e criar um mundo no meu ritmo, mas mesmo na minha imaginação essa casa era borrada, maldefinida, não era real ou não era realista, ou carecia de realismo. Eu ansiava por um velho casarão (agora acrescentara uma lareira oval à sua arquitetura) e um pé de romã no jardim. Tinha fontes e poços, notáveis escadas circulares, piso de mosaico, traços dos rituais de todos os que tinham vivido lá antes de mim. Isso significa que a casa era animada, que tinha desfrutado de uma vida. Era uma casa amorosa.

O desejo por essa casa era intenso, mas ainda assim eu não conseguia situá-la geograficamente e também não sabia como conseguir uma casa tão espetacular com a minha parca renda. De todo modo, adicionei-a ao meu portfólio de propriedades imaginadas, junto com algumas outras propriedades imaginadas menores. A casa com o pé de romã era a minha grande aquisição. Nesse sentido, eu era proprietária de verdadeiros castelos de areia. O mais estranho é que todas as vezes que eu tentava viver dentro desse casarão antigo, sentia-me triste. Era como se o objetivo fosse procurar a casa, e, agora que eu a adquirira e a busca terminara, não havia mais galhos para colocar no fogo.

Enquanto isso, tinha que levar minha nova bananeira para casa, de ônibus e de trem, de Shoreditch para o meu malconservado prédio na ladeira. Ela crescia no vaso, com cerca de trinta centímetros de altura. A vendedora de flores com cílios postiços compridos e voluptuosos me disse acreditar que a planta queria viver uma vida mais úmida. Tinha sido um inverno frio no Reino Unido até então, e concordamos que nós também ansiávamos por uma vida mais úmida.

No trem para Highbury e Islington, acrescentei alguns detalhes aos meus castelos de areia. Apesar da lareira em forma de ovo, meu casarão era obviamente situado em clima quente, perto de um lago ou do mar. Uma vida sem poder nadar todos os dias não era uma vida que eu queria. Era difícil admitir para mim mesma, mas o oceano e o lago eram mais importantes para mim do que a casa. Na verdade, eu ficaria feliz em viver numa modesta cabana de madeira na beira de um oceano ou de um lago, mas de algum modo me desprezava por não ter um sonho maior.

Parecia que adquirir uma casa não era a mesma coisa que adquirir um lar. E associada ao lar estava uma pergunta que eu espantava todas as vezes que pousava perto demais de mim. Quem mais vivia comigo no casarão com o pé de romã? Será que eu estava sozinha em companhia do chafariz melancólico? Não. Definitivamente havia mais alguém ali comigo, talvez mesmo refrescando seus pés no chafariz. Quem era essa pessoa?

Um fantasma.

Meus planos para a bananeira eram acrescentá-la ao jardim que havia feito em três prateleiras no meu banheiro. Eu sabia, pelas suculentas que desfrutavam de suas vidas deslocadas na parte norte de Londres, que ela gostaria do vapor quente do chuveiro. Sete anos depois de eu me mudar para lá, meu prédio ainda não tinha sido reformado, e os cinzentos corredores estavam num estado de descuido ainda pior. Assim como o amor, eles precisavam muito de uma reforma. A bananeira não se incomodava com o estado do prédio. Parecia, ao contrário, em êxtase por se mudar para lá e começar a se revelar, abrindo suas folhas largas e cheias de veias.

Minhas filhas ficaram curiosas com a atenção que eu estava dando a essa planta. Ambas concordaram que eu estava obcecada com a bananeira porque minha filha mais nova iria embora para a universidade em breve. Aquela bananeira, minha filha mais nova (dezoito anos) me disse, era minha *terceira filha*. Seu papel era substituí-la quando fosse embora de casa. Nos meses em que a planta crescia, ela perguntava, "Como está sua nova filha?" e apontava para a bananeira.

Em breve eu estaria vivendo sozinha. Se tinha criado outro tipo de vida desde que me separara do pai dela, parecia que em breve, aos 59 anos, teria que criar mais uma vida do início. Não queria pensar nisso, então comecei a apanhar algumas coisas para levar ao novo depósito onde passaria a escrever.

2

Era literalmente um oásis construído em meio a palmeiras, samambaias e bambu alto. Eu não podia acreditar nos meus olhos ou na minha sorte. O jardim em torno do novo depósito onde eu escreveria, construído num deque, parecia uma floresta tropical. Na verdade, eu deveria ter dado minha bananeira de presente a esse jardim, mas, como minhas filhas tinham sugerido, ela se tornara parte da família. O proprietário do depósito me deu a chave da entrada lateral do jardim, para que eu não precisasse incomodá-lo em casa. No dia em que cheguei, ele colocou um jacinto no depósito. Seu perfume era opressivo e acolhedor em igual medida. Talvez seu perfume fosse mesmo violento. Desembalei três copos de vidro russos com asas de prata para café, uma cafeteira, uma jarra de café (100% arábica), duas tangerinas, uma garrafa de vinho do Porto tinto (sobra do Natal), duas garrafas de água com gás, biscoitos de amêndoa da Itália, três colheres de chá, meu laptop e dois livros. E um adaptador, é claro, dessa vez um cabo com quatro tomadas. O proprietário do depósito, nascido na Nova Zelândia, tinha plantado um jardim ao redor do meu novo depósito com bom gosto, imaginação, talvez mesmo nostalgia. Eu achava que ele tinha criado algo da Nova Zelândia no noroeste de Londres, ou seja, sua terra natal estava assombrando aquele jardim de Londres porque ainda o assombrava.

Num festival literário na Áustria, eu havia conhecido uma escritora da Romênia que chegara à Suíça como refugiada em 1987. Havia alugado um quarto numa rua de Zurique parecida, segundo ela, com sua rua em Bucareste. E então fizera seu quarto de Zurique parecer-se com o seu quarto em Bucareste. Ela me lembrou de quando, aos 29 anos, eu tinha escrito um livro de histórias concatenadas chamado *Swallowing Geography* [Engolindo Geografia]. Na verdade, eu não havia esquecido que tinha escrito um livro inteiro, mas fiquei satisfeita que parecesse novo a ela. Disse-me que tinha pregado na parede junto à sua cama as palavras da narradora:

> Cada nova viagem é um luto pelo que foi deixado para trás. O andarilho às vezes tenta recriar o que foi deixado para trás num lugar novo.

Parecia que eu agora estava ocupada tornando o novo depósito onde escrevia bastante similar ao antigo.

Desenrolei o fio das tomadas e preparei um bule de café. E então ergui meu copo de café àquela escritora de Bucareste. "Como você está?", disse-lhe mentalmente. "Espero que as coisas estejam indo bem para você." Tínhamos rido juntas, na Áustria, porque ela me disse que alguém na plateia havia levantado a mão e declarado que queria saber mais sobre seu país de nascimento. Ela vivera num dos mais opressivos regimes comunistas do mundo e estava aguardando uma pergunta profunda sobre como uma escritora pode trabalhar com a língua quando as liberdades são demolidas, ou sobre a luta para lembrar e esquecer e se recompor outra vez. Temia não ser capaz de responder. "Poderia, por favor, me dizer se lá é seguro beber água da torneira?", essa pessoa queria saber. Ao que ela e eu acrescentamos mais tarde, "Poderia me dar a senha do Wi-Fi e me dizer se lá há mosquitos?".

O depósito onde eu escrevia estava muito próximo da vida que eu desejava, ainda que fosse um arranjo temporário. Isto é, não era propriedade minha, eu não era sua dona, estava alugando, mas era dona do seu estado de espírito. Até mesmo os pássaros ingleses chilreando e gorjeando pareciam tropicais. Eu ainda não tinha me mudado completamente do antigo depósito, mas Celia (a proprietária) tinha colocado a casa à venda e eu sabia que tinha que fazer outros arranjos.

O novo depósito era perto da Abbey Road, onde eu situaria meu romance *O homem que viu tudo.* Eu estava assombrando a Abbey Road, e ela estava me assombrando. "O lar é onde a assombração se encontra", escreveu o grande e falecido ensaísta Mark Fisher, e isso definitivamente era verdade no meu caso. Em certo sentido, eu ainda era uma ocupante espectral do antigo depósito, porque muitos dos meus livros definhavam em suas prateleiras. Meu computador ainda morava na escrivaninha, agora coberto com um lençol branco. O aquecedor provençal que eu tinha comprado para aquecê-lo no inverno havia se tornado lar de pequenas aranhas e suas vastas teias geométricas.

Enquanto isso, um espectro encontrava-se à espreita bem ali no novo depósito, na primeira página de um dos livros que eu tinha trazido comigo. Notei que havia uma inscrição no interior, do pai das minhas filhas, do ano de 1999, quando eu era casada e vivia na casa da nossa família.

Ao meu querido amor, pelo último Natal do século com mil anos de devoção.

Foi um choque. Tive que largar o livro e deixar o perfume do jacinto anestesiar aquele momento feito morfina. Então peguei o livro outra vez e fitei a inscrição. Perguntei-me quem era aquela mulher espectral, vinte anos antes, a mulher que recebera aquele livro com sua inscrição amorosa.

Tentei me conectar com Ela (que é o meu eu mais jovem), lembrar-me de como havia respondido àquele presente na época. Não queria vê-la com muita clareza. Mas tentei acenar para ela. Sabia que ela não ia querer me ver (*então aí está você, com quase sessenta anos e sozinha*), e eu também não queria vê-la (*então aí está você, com quarenta anos, escondendo seu talento, tentando manter sua família unida*), mas ela e eu assombrávamos uma à outra através do tempo.

Olá. Olá. Olá.

Minha versão mais jovem (feroz, triste) sabia que eu não a julgava. Ambas havíamos perdido e ganhado várias coisas nos vinte anos que nos separavam desde o momento em que eu recebera aquele presente com sua inscrição amorosa. Vez por outra, eu tinha *flashbacks* da casa da nossa família. Ela era assombrada pela minha infelicidade, e embora eu tentasse mudar o estado de espírito e encontrar alguma coisa boa ali, a casa não atendia ao meu desejo de criar uma nova memória do estado de espírito. O malconservado prédio na ladeira era muito mais modesto do que a casa, mas o seu estado de espírito era otimista, sereno, mais suave, esperançoso, e não desesperançado.

Olhei outra vez para a inscrição.

Ao meu querido amor, pelo último Natal do século com mil anos de devoção.

O mais curioso era que o próprio livro (de autoria de um escritor famoso) era sobre um homem que deixa a família e começa a construir uma nova vida com várias mulheres. Uma dessas jovens o adora tanto que estende o braço para tirar o catarro das suas narinas. Transformou-o em seu propósito na vida, e não temos a menor ideia de qual seja o seu senso de propósito. Eles fazem muito sexo, mas não temos ideia se ela gosta tanto quanto ele. Se a personagem feminina desse autor sente ou pensa qualquer coisa que seja, seus sentimentos e pensamentos são sobre ele.

É provável que eu tenha pedido esse livro, à época, então talvez tenha feito o que chamamos de *vista grossa* a tudo isso, ou talvez houvesse algo que eu quisesse descobrir. Afinal, trouxera-o comigo para o novo depósito. Sim, todos esses anos depois, havia algo que eu ainda queria descobrir sobre a escrita de personagens, em particular de personagens femininos. Afinal, pensar e sentir e viver e amar com maior liberdade é o sentido da vida, então é um projeto interessante construir um personagem feminino que não tem vida. A história daquele livro era sobre uma mulher que tinha dado sua vida *de presente* a um homem. Não é algo que se deva tentar em casa, mas em geral é onde acontece.

Como um escritor se entregaria à tarefa hercúlea de subtrair a um personagem feminino qualquer consciência, até mesmo uma vida inconsciente, como se fosse a coisa mais normal do mundo? Talvez fosse normal no mundo *dele*. E ainda assim dá muito trabalho construir qualquer tipo de personagem na ficção. A escritora e diretora de cinema Céline Sciamma notou que quando um personagem feminino ganha subjetividade, ganha de volta seus desejos. Ocorreu-me que criar um personagem feminino com desejos que não fossem apenas os *dele* talvez tivesse sido algo que um autor da sua geração não pudesse nem mesmo *imaginar*. Num certo sentido, o *ela* na história dele era um personagem feminino ausente. Os desejos dela eram o que estava ausente. Por essa razão, o livro do autor havia sido útil para mim. Sua falta de consciência era uma casa que eu tentara desmontar em minha própria vida pessoal e profissional. Bens imobiliários são um negócio ardiloso. Alugamos e compramos e vendemos e herdamos, mas também derrubamos.

Nessa época, eu me encontrava possuída pelo final do romance de Elena Ferrante, *História da menina perdida*, em que Lila, agora com seus sessenta e muitos anos, desaparece sem deixar traços. Da infância até a maturidade, as vidas de Lila e Lenu foram entrelaçadas, mas por fim são separadas pelo desaparecimento de Lila. "Eu amava Lila", Lenu escreve. "Queria que ela durasse, mas queria que fosse eu quem a fizesse durar." No fim do livro, Lila se tornou um personagem feminino ausente.

Enquanto eu me sentava na cadeira junto à janela, no novo depósito, perguntei-me por que estava tão interessada em personagens femininos ausentes. Talvez não me referisse a mulheres que haviam literalmente desaparecido (tais como Lila), mas àquelas cujos desejos estavam ausentes.

E quanto às mulheres que tinham dado vazão aos seus desejos, mas, então, haviam sido cerceadas, tido sua vida *reescrita*, sua existência recontada para diluir sua força e solapar sua autoridade? Talvez eu estivesse buscando uma *deusa* importante que, na reescrita patriarcal de sua existência, perdera-se ou estava desaparecida?

Eu pensava em Hécate na encruzilhada com suas tochas acesas e chaves, Medusa com suas cobras e seu olhar fatal, Ártemis com seus cães de caça e cervo, Afrodite com suas pombas, Deméter com suas éguas, Atena com sua coruja. Onde quer que eu visse mulheres mais velhas, excêntricas e às vezes mentalmente frágeis, alimentando pombos nas calçadas de todas as cidades do mundo, eu pensava, *Sim, aí está ela, ela é uma dessas deusas cerceadas que a vida tornou dementes.*

Será que os bens imobiliários das deusas eram propriedade do patriarcado?

Será que os bens imobiliários das mulheres são propriedade do patriarcado?

E quanto às mulheres alugadas pelos homens para o sexo? Quem assina a escritura nessa transação?

A maioria dos autores homens, casados e heterossexuais da minha idade recebiam os cuidados de suas esposas em eventos literários. Um desses homens me disse, num festival, que se não ultrapassasse barreiras demais em seu casamento, sempre haveria para ele um reconfortante par de chinelos sendo aquecido junto ao fogo. Felizmente, sua esposa conseguiu escapar para fumar um cigarro na saída de emergência.

Considerei a revigorante conversa que eu e ela tivemos muito mais interessante do que qualquer um dos eventos de que eu tivesse participado no festival. Muitas pessoas na plateia teriam gostado dos pensamentos dela sobre tiranos frágeis, as maneiras como o amor é alterado pela infidelidade física, e de como ela havia sonhado que seus seios eram feitos de vidro.

Será que algum dia haveria um reconfortante par de chinelos (cor-de-rosa, com penas) se aquecendo para mim junto à lareira em forma de ovo? Não, a menos que eu me tornasse um personagem feminino num filme antigo de Hollywood e pagasse alguém para colocá-lo ali. "Klimowski," eu diria, "acho que pela manhã os meus cotovelos artríticos vão precisar de uma massagem com óleo de arnica." *Muito bem, madame.* Essa pessoa seria um personagem com muitos desejos próprios, porque eu estava escrevendo o roteiro. Podia vê-la apoiada nas paredes de gesso rosa-escuro da minha propriedade, usando um broche em forma de abelha. *Sua sopa está pronta. Já dei comida para os lobos e preparei o cachimbo com sua marca de tabaco favorita. Aliás, madame* (os lábios dessa pessoa estavam manchados das framboesas que havia devorado no almoço), *percebo que a senhora está pensando sobre* Real Estate*, bens imobiliários. A palavra* Real *deriva da palavra latina* Rex*, que significa rei. A palavra também originou* rey*, em espanhol, porque os reis* *costumavam ser os donos de toda a terra em seus reinos. Para Lacan, o Real é tudo aquilo que não pode ser dito. Não tem nada a ver com a realidade. A senhora deseja alguma coisa mais antes que eu vá preparar meu banho e ouvir Lana Del Rey?* "Sim, Klimowski", eu responderia. "Se pudesse, por favor, preparar meu prato de delícias turcas... os sabores rosa e tangerina são muito agradáveis." *As delícias acabaram, madame. Posso sugerir, se deseja comer um doce, que vá pegar a porra do doce a senhora mesma?*

A pessoa se retiraria para beber gim e ter visões místicas e também pensamentos pragmáticos sobre como ganhar mais dinheiro e comprar uma casa própria. Enquanto isso, eu leria a poesia de Safo e Baudelaire junto à lareira em forma de ovo, enquanto o fantasma do amor descascaria cuidadosamente uma laranja ali do meu lado.

> Se me pedissem para nomear o principal benefício da casa, eu diria: a casa abriga os devaneios, a casa protege o sonhador, a casa permite que se sonhe em paz.
>
> Gaston Bachelard, *A poética do espaço* (1957)

Comecei a me perguntar o que eu e todas as mulheres cujos desejos estavam ausentes e todas as mulheres reescritas (tais como as deusas) possuiríamos em nosso portfólio de propriedades no fim das nossas vidas. Incluindo a pessoa imaginária que trabalhava como serviçal para mim, que naquele momento estaria preparando o próprio banho (um toque de óleo de rosa e gerânio) enquanto ouvia Lana Del Rey. O que valorizamos (embora talvez não seja valorizado socialmente), o que poderíamos possuir, descartar, legar? Se, como as grandes deusas em sua luta, éramos poderosas demais para os pais e irmãos do patriarcado, como a nossa força e potência reprimidas se manifestam numa segunda-feira? E, de fato, se eu ia escrever o roteiro do início ao fim, o que eu queria que meus personagens femininos valorizassem, possuíssem, descartassem e legassem? Talvez eu estivesse incorporando Jane Austen, mas a perspectiva de um casamento não era uma solução.

Eu não estava alheia ao fato de que muitas pessoas de classe média da minha idade já tinham acabado de pagar as prestações do seu imóvel e possuíam pelo menos uma casa em algum outro lugar. Eu ia a jantares, e alguém anunciava que partiria no dia seguinte para sua propriedade na França ou na Itália – ou, e isso era o que mais doía, viajaria para escrever num pavilhão modernista mágico especialmente construído para si no campo inglês. Enquanto isso, eu voltaria para os soturnos Corredores do Amor, que ainda não tinham sido consertados. Havia algumas pequenas melhorias. Eu agora possuía não uma bicicleta elétrica, mas uma frota de bicicletas elétricas. Nesse sentido, pelo que me dizia respeito, parecia-me que eu era uma rock star que eu conhecia e que possuía uma frota de aviões. Sim, eu tinha uma bicicleta elétrica presa debaixo da árvore e duas mais na garagem. Amigos vinham de todas as partes do mundo se hospedar comigo, e pedalávamos por Londres juntos. Era um gesto na direção de uma vida que eu queria, ou seja, uma família ampliada incluindo amigos e seus filhos, uma família expandida, em vez de uma família nuclear, o que, nessa fase da minha vida, parecia uma forma mais feliz de viver. Se eu quisesse um quarto extra para cada amigo, meu apartamento não teria como dar vazão a essa ideia. Se eu quisesse uma lareira em cada quarto, não haveria lareiras no meu apartamento. Então, o que eu ia fazer com todo esse querer?

Contemplei o enorme jardim onde meu novo depósito se situava. Em vez de comprar propriedades, o que não tinha meios de fazer, talvez eu pudesse dar de presente ao proprietário uma piscina, para ser construída em seu terreno. Eu então poderia escrever e nadar, e meu estilo de vida teria sido alcançado. Não teria a propriedade de nada, mas poderia usar tudo aquilo enquanto nossa amizade durasse. Minhas filhas nadariam o ano todo. Que gesto por parte de sua mãe. Que presente ao proprietário por parte de sua amiga escritora.

Íamos brincar na água em meio às libélulas, e eu plantaria hortelá na beira da piscina. Procurei no Google quanto custaria e cheguei a um site de ecopiscinas. Uma hora se passou. Ecopiscinas eram caras. Dei-me conta de que o proprietário talvez não quisesse que eu escavasse o seu jardim. Teria que largar minha pá imaginária por ora e tratar de trabalhar um pouco.

O segundo livro que tinha trazido comigo para o novo depósito era uma série de ensaios de vários psicanalistas, acadêmicos e artistas sobre um dos meus diretores de cinema preferidos, Pedro Almodóvar.

Num dos capítulos, Almodóvar descreve o sentido da frase em espanhol *Você é feito uma vaca sem o sino*. Explica, "Ser como uma vaca sem o sino significa estar perdido, sem que ninguém note você". Pensei que eu era um pouco feito uma vaca sem o sino, mas não estava perdida. Talvez as vacas prefiram não ter sinos, porque precisam se afastar do pasto e da ameaça de abate. As errantes vacas sagradas que eu encontrara andando pelas ruas de Ahmedabad, na Índia, eram muito atraentes para mim. Eu gostava de dar tapinhas em suas costas e ver a poeira subir do seu couro.

Na tradição hindu, as vacas são animais sagrados. A mãe sustenta a vida com seu leite e por isso é honrada e coberta de guirlandas.

3

NOVA IORQUE

No fim de maio de 2018, eu estava em Nova Iorque, no West Side de Manhattan, para ajudar a esvaziar o apartamento da minha falecida madrasta estadunidense.

Meu melhor amigo, que por acaso estava em Nova Iorque nessa época, ofereceu ajuda. Tínhamos que descobrir onde ficavam os brechós locais e então ir até a rua, chamar um táxi e pedir ao motorista para levar dezesseis sacos cheios de roupa até a rua 79. O arremate da vida de outra pessoa (minha madrasta era uma acadêmica de renome) fez com que eu me perguntasse se deveria rasgar meus velhos diários e jogar fora todas as cartas que guardava havia décadas. Era insuportavelmente triste ver as camisas, cachecóis e calças da minha madrasta dobradas com perfeição nas gavetas. Eu tinha concordado em esvaziar o closet dela para poupar a meu pai idoso a dor de ter que fazer isso ele mesmo. Ele estava devastado por sua morte e, quando me telefonou da Cidade do Cabo (onde ela morreu) com a notícia, foi a primeira vez na minha vida que o ouvi chorar.

Havia dois vidrinhos cheios de botões que ela havia removido de roupas diversas e guardado para costurar em outras roupas. Esses botões foram a única coisa que guardei para mim. Três deles eram no formato de cavalos brancos, a crina esvoaçando ao vento.

Até então, no meu portfólio de propriedades, eu possuía um apartamento no meu malconservado prédio, três bicicletas elétricas e três cavalinhos de carrossel, de madeira, do Afeganistão. Tinha comprado esses cavalos pintados à mão numa loja empoeirada, cheia de tapetes e lamparinas, numa parte erma de Londres, quando minhas filhas eram mais novas. Os cavalos eram grandes o suficiente para que uma criança pequena pudesse se sentar neles. Um amigo me disse que eram "antiguidades", provavelmente dos anos 1930, mas eu não sabia disso quando os comprei. Antiguidade sugere algo velho e morto, talvez mesmo fantasmagórico, mas eu fui atraída por esses cavalos porque eram expressivamente vivos. De algum modo significavam liberdade para mim, e beleza também; cada um dos animais entalhados tinha um ar desafiador muito particular. Esses cavalos, com cerca de sessenta centímetros de altura (dois brancos, um preto), estavam agora no comprido peitoril da janela, no prédio malconservado na ladeira. Às vezes eu colocava um abacate entre suas alertas orelhas de madeira quando queria que amadurecesse. No Natal, minhas filhas e eu colocávamos em suas cabeças guirlandas com azevinho e visco. Todos gostavam de beijar os cavalos (dados os rituais de beijos associados ao visco), mas também sempre ficavam um pouco admirados com eles. Eu achava que isso era o correto; afinal, eles não eram brinquedos fofinhos. O homem que parava a moto ao lado da minha bicicleta elétrica no estacionamento dos fundos me disse que todas as vezes que olhava para cima e via os cavalos na minha janela pensava neles como os meus cavalos de guarda.

Uma mulher que eu conhecia, abundantemente rica e que nunca tinha mantido um trabalho, queria comprar meus cavalos. Houve apenas uma vez em que eu quase cedi, mas no fim não pude me desfazer deles, que, para minha surpresa, revelaram-se valiosos em termos financeiros. Aparentemente, meus Cavalos da Liberdade eram realmente parte do meu portfólio de propriedades até ali.

Essa mulher me disse que nunca sabia o que responder quando as mães que trabalhavam lhe perguntavam, "O que você faz?". Sugeri que respondesse, "Sou uma herdeira". Isso provavelmente acabaria com as conversas que ela achava tão embaraçosas. E acabou. Funcionou. Era verdade que ser uma herdeira era seu principal trabalho. Todo aquele dinheiro tinha que ser cuidado, bem como suas muitas propriedades. Seus bens imobiliários literais eram tão vastos quanto os meus eram ínfimos. Ela possuía casas em Paris, Viena, Paxos, Escócia, Espanha e Londres. A maior parte de sua atenção estava focada na manutenção de suas propriedades, em cozinhar receitas veganas, em seus três cachorros e em seu vasto pomar de oliveiras na Espanha. Eu a achava uma mulher impressionante de muitas maneiras. Pelo menos no inverno ela usava um gorro, e não um chapéu de feltro verde com uma pena de faisão espetada numa fita. Era uma espécie de budista. Uma budista com riquezas mundanas, mas com gostos bastante simples. Às vezes, quando nos encontrávamos, ela havia guardado um par de abricós perfeitos no bolso para nosso deleite, ou um punhado de amêndoas, ou uma fatia de queijo italiano regional duro para que eu provasse, já que ela era estritamente vegana. Fatiava-o com o pequeno canivete que levava na bolsa, então conjurava magicamente um par de figos roxos, que dizia serem companheiros amigáveis do queijo. A herdeira era uma companheira amigável. Aparentemente, seu marido, que era de Nápoles mas não era vegano, sabia como trançar muçarela, entrelaçando três faixas desse queijo leitoso para os dias de banquete. O processo de fabricar muçarela, ela explicou, é chamado *pasta filata*, e o leite preferido é da búfala-d'água. Isso fez com que eu me perguntasse se a búfala-d'água deveria ser honrada e coberta de guirlandas como as vacas sagradas na Índia, mas preferia pensar nelas extaticamente submersas em pântanos, rios e lagos.

Eu não compartilhava com ela os problemas do meu dia a dia ou meu sonho de possuir uma velha mansão com um pé de romã no jardim. Ela era uma herdeira, afinal de contas. Minha vida e meu estilo de vida eram distantes demais da sua experiência de vida e do seu estilo, mas eu respeitava o modo inteligente e brincalhão como ela lidava com seus turbulentos problemas familiares.

Todo Natal eu comprava azeite da herdeira para dar de presente aos meus amigos. Esse azeite, da sua fazenda em Andaluzia, era o elixir da longa vida, verde e apimentado, surpreendente ao paladar. Ela me disse que era "azeite de primeira prensagem", com frequência chamado azeite virgem, e ela o aplicava no cabelo toda sexta-feira. Cada azeitona liberava somente uma ou duas gotas de óleo, então, ela disse, imagine quantas azeitonas são necessárias para fazer apenas um litro de azeite. Às vezes eu salpicava sal marinho numa fatia de tomate verde azedo e mergulhava no apimentado azeite esmeralda. Era como se eu tivesse topado com algo bom que estava ao meu alcance.

Eu gostava da herdeira e não tinha tanta inveja assim dos seus bens imobiliários. Essa falta de inveja (dado que cada uma das suas muitas *villas* se aproximava bastante da casa dos meus sonhos) me surpreendia, francamente. Num certo sentido, ela possuía tantas casas que era sem-teto. Todos os meses parecia viajar entre suas propriedades por vários países. Quando ligava para meu celular, sempre havia um código internacional diferente na tela. Embora meu apartamento fosse pequeno e humilde, certamente era a minha casa, a nossa casa, nossa morada no céu, mesmo que eu precisasse de um pouco de budismo para me ajudar a tolerar os cinzentos corredores das áreas comuns. Os proprietários do prédio tinham recentemente consertado áreas puídas e rasgadas diante do elevador com fita adesiva azul. Por esse conserto, mandaram contas imensas. Ao mesmo tempo, era encorajador olhar para o céu lá fora e saber que tudo está sempre mudando, que um céu escuro clareia e leva a um outro estado de espírito.

Enquanto isso, ali estava eu, em Nova Iorque, tentando não entrar em combustão enquanto esvaziava o apartamento da minha madrasta, que era muito mais chique do que o meu. Pensei no quão pouco sabia da sua vida antes de ela ter conhecido meu pai. Agora estava remexendo em suas toucas de banho, cardigás, boinas, camisolas, guarda-chuvas, várias caixas de maquiagem e modeladores de cabelo. Num certo sentido, eu estava conhecendo-a melhor, o que era triste e estranho. Quando minha mãe morreu, foi meu irmão mais novo quem fez a maior parte do trabalho nesse sentido. Agora eu me dava conta de que ele me poupara da tristeza dessa terrível tarefa. Acho que ele me conhece melhor do que qualquer outra pessoa, porque uma vez o ouvi dizendo a uma mulher que lhe perguntara por que a irmã dele (eu) gostava de trabalhar num depósito, "Acho que ela gosta de um espaço selvagem onde escrever".

Minha contribuição ao período após a morte da minha mãe tinha sido registrar aquela morte muito chocante na prefeitura e buscar as cinzas dela na funerária. O registro foi a pior parte, porque, quando foi minha vez de assinar vários documentos, o funcionário chamou o nome da minha mãe como se ela estivesse viva. O efeito disso foi que eu estava em lágrimas antes mesmo de entrar no escritório do funcionário, então talvez meu irmão tenha imaginado que seria mais fácil lidar sozinho com as roupas da minha mãe. Ele sugeriu que eu escolhesse alguns dos muitos livros nas prateleiras dela. Quando eu os trouxe para casa, as páginas estavam amareladas e empoeiradas, manchadas e grudentas e, pior ainda, algumas frases estavam sublinhadas e ela havia escrito comentários nas margens. Como eu poderia jogar fora seus fantasmagóricos pensamentos falando comigo naqueles livros que se decompunham?

No terceiro dia em Nova Iorque, conheci um homem robusto com sua cachorra, uma labrador, no elevador. Ele me disse que a cachorra, Goldie (era o nome da minha tia também), tinha ficado com a cauda presa na porta do elevador. Disse que ele começou a gritar e chorar e sua cachorra também estava choramingando (enquanto ouvia, eu torcia para que aquilo fosse ter um final feliz), então o elevador parou no quarto andar (havia 21) e, sim, tudo ficou bem. A cauda de Goldie foi solta, nenhum dano. Olhei para a cauda de Goldie. Parecia um pouco desamparada, como se tivesse passado por algo grave.

Havia uma mulher jovem no elevador conosco, segurando dois cafés gelados do Starbucks. Eram arrematados com arabescos de creme e lascas de chocolate. Ela nos disse que estava ansiosa por sua onda de açúcar. Na verdade, disse, estava ansiosa por uma onda de tudo. Quando contei isso ao meu melhor amigo, ele disse que queria uma onda de tudo também. Era um grande projeto para se ter na vida, ele disse, uma Onda de Tudo.

Mais tarde naquele dia, fazendo uma pausa na limpeza do apartamento (poeira nos meus *cílios*), vi uma mulher afro-americana caminhando com o gato na calçada de Manhattan. Era um gato de pelo longo prateado usando uma coleira prateada. A mulher estava vestida com uma miniblusa com desenhos de olhos sobre os seios e sapatos plataforma cor creme com volutas pintadas na ponta. Com seu gato e seus sapatos e os olhos pintados na camiseta, achei que ela estava numa Onda de Tudo.

Era um choque ensacar os sapatos de uma mulher importante e levar para o brechó local, incluindo um par novo em folha de tênis, ainda embrulhado em papel de seda dentro da caixa. Para me acalmar, caminhei até o Central Park. De repente tinha ficado quente, e eu estava com tanto *jet lag* que achei que talvez fosse desmaiar. Encontrei um lugar perto da entrada do parque, debaixo de uma árvore, e desabei na grama. Deitada de costas, fitando aquele grande céu americano por entre as folhas, vi algo pendendo dos galhos. Era uma chave. Uma chave numa fita vermelha que alguém pendurara num galho e se esquecera de levar embora. Primeiro, senti pena da pessoa que se esquecera de levar sua chave. Depois me perguntei se a pessoa a havia deliberadamente deixado para trás, porque nunca voltaria ao local que a chave abria. Ou talvez tivesse escolhido fechar a porta de um capítulo de sua vida, e deixar a chave para trás era um gesto em nome desse desejo. Sempre há algo secreto e misterioso acerca das chaves. São instrumento para entrar e sair, abrir e fechar, trancar e destrancar vários recintos desejáveis e indesejáveis.

Passei tanto tempo da minha vida espiando as vitrines de agentes imobiliários, buscando minha propriedade, o rosto colado no vidro, junto com os fantasmas de outros sonhadores procurando propriedades pelas quais não podíamos pagar. Ainda assim, acreditava que um dia, quando crescesse, conseguiria ganhar o suficiente para alcançar as chaves da minha casa no Mediterrâneo, com sacadas e madressilva. Ao mesmo tempo, uma pequena voz malvada na minha cabeça estava sempre dizendo, "Isso não é real, jamais será seu".

Sim, eu tinha passado um bom tempo tentando levar uma vida mais burguesa. De algum modo, parecia difícil. Meus colegas que realmente tinham vidas burguesas bem desenvolvidas estavam sempre tentando ser menos burgueses, mas eu queria me mudar para o bairro deles.

Bonjour, como o ar é uma delícia aqui! Veja nossas casas de campo com seus emaranhados de rosas trepadeiras. Veja o lago que fizemos com fontes naturais. Veja! Veja no Twitter: nossos patos estão dormindo debaixo dos salgueiros! Veja a nossa mesa de jantar e sua constelação de cadeiras, veja a arte nas nossas paredes, nossa pérgula, nossas tigelas de salada e papoulas-orientais, nossa louça vitoriana e nossos campos de flores silvestres. Veja esta fatia de torrada com manteiga ao lado da luminária modernista. Veja! Olhe só para você olhando no Instagram. Aqui estamos nós indo para nossa caminhada no campo com Molly, a nossa doce píton-birmanesa!

Se os bens imobiliários são um autorretrato e um retrato de classe, também são um corpo dispondo seus membros para seduzir. Na verdade, eu não conseguia entender por que os bens imobiliários não estavam flertando comigo de forma mais intensa, seus olhos lânguidos me fazendo todo tipo de oferta. Afinal, eu pelo menos conseguia viver da minha escrita. Deitada debaixo da chave abandonada ou esquecida no Central Park, comecei a pensar sobre tudo isso e vi que era deprimente demais me demorar nos motivos reais e pragmáticos pelos quais eu ainda vivia naquele malconservado prédio londrino.

Eu tinha começado a escrever com vinte e poucos anos e fui publicada pela primeira vez aos 27, embora minhas peças fossem encenadas quando eu tinha vinte e poucos. Havia sido imensamente poderoso colocar palavras na boca dos atores, mas era difícil pagar as contas. Eu pensava na escritora Rebecca West, cujos livros lhe trouxeram dinheiro suficiente aos quarenta para comprar um Rolls-Royce e uma mansão no campo, em Chiltern Hills. Quando eu tinha quarenta anos, minha segunda filha estava com três meses de idade e eu experimentava fazer *dhal* (muito barato) usando uma variedade de leguminosas e lentilhas. Enquanto Rebecca West pisava no acelerador do seu novo carro chique, eu estava tentando descobrir como misturar temperos e se seria melhor servir o *dhal* com arroz ou aprender a preparar *roti* e outros pães indianos, foi o que fiz: farinha de trigo integral, água, óleo, *ghee*. Sim, me dava muito prazer ver como a massa borbulhava e inchava na frigideira e derreter a manteiga e deixar escorrer. Mais tarde comecei a fazer *paratha*, muito mais complicado: era preciso criar camadas com a massa. Eu não podia acreditar. Preparava deliciosos *dhal* e *rotis* e *parathas* para alimentar minha família e escrevia à noite, familiarizada com cada alarme de carro que disparava às quatro da manhã. Com a mesma idade, Rebecca West estava parando o novo Rolls-Royce em sua propriedade em Chiltern Hills e Camus recebia o prêmio Nobel.

> Somente uma parte de nós é sã: somente uma parte de nós adora o prazer e o dia mais longo da felicidade, quer viver até os noventa anos e morrer em paz na casa que construímos e que servirá de abrigo aos que vierem depois. A outra parte é quase louca. Prefere o desagradável ao agradável, adora a dor e seu desespero noturno mais sombrio e quer morrer numa catástrofe que vai levar a vida de volta ao início sem deixar nada da nossa casa exceto suas fundações enegrecidas.
>
> Rebecca West, *Black Lamb and Grey Falcon*
> [Cordeiro preto e falcão cinzento] (1941)

Eu concordava com Rebecca West em parte, mas não com as fundações enegrecidas. Se você não é rico, não quer uma catástrofe que queime sua casa por completo. Meus cavalos! Minha *wok*! Minha pequena luminária debruada de pompons brancos! Ao mesmo tempo, aqueles anos invisíveis criando nossas filhas e tentando me entender com todas aquelas *parathas* foram alguns dos anos mais formativos da minha vida. Eu não sabia disso então, mas estava me tornando a escritora que queria ser. Entraria nela, e ela entraria em mim. Estava feliz por não usar o equivalente a sapatos discretos para escrever os contos, romances e peças que me preocupavam na casa dos vinte anos. Estava buscando um caminho através da floresta (usando botas de plataforma prateadas) para me encontrar com o lobo. Quem ou o que era o lobo? Talvez o lobo seja o sentido exato da escrita.

Caminhar rumo ao perigo, topar com alguma coisa que talvez apenas abra a boca e dê um rugido e derrube o escritor da beirada onde se encontra era parte da aventura da língua. Quem quer que pense com profundidade, liberdade e seriedade vai se aproximar mais da vida e da morte e de todas as outras coisas pelas quais passamos no caminho. Quem quer que trabalhe com limpeza e se levante ao raiar do dia para varrer escritórios, estações de trem, escolas e hospitais está familiarizado com esse tipo de pensamento. Sabe que precisa ser mais forte que a maioria dos pensamentos assustadores, mais forte que sua própria exaustão. É provável que muitas pessoas a vejam e escutem, embora ela talvez não seja visível no Instagram (*Veja! Veja a que horas eu trabalho! Olhe só para os meus três empregos! Veja as minhas mãos!*), mas isso não a impede de pensar grande. Pensar é uma linguagem. Evitar o pensamento é uma linguagem. Certa vez dei uma aula de escrita somente observando as palavras *Sim* e *Não*. Concordamos que uma placa num portão que diz *não aos negros, não aos judeus, não aos ciganos* é a língua em sua versão mais empobrecida. As placas nas piscinas públicas nos anos 1970 eram textos interessantes também, dizendo para *não mergulhar, não trocar carícias, não comer, não chapinhar a água.* Por que não colocar uma placa que diga apenas *Não. Não. Não.* E o que aconteceria se invertêssemos a placa? *Sim. Sim. Sim.*

Sim. Eu queria uma casa. E um jardim. Queria um pedaço de terra.

A chave pendurada nos galhos daquela árvore no Central Park abriu as portas de muitas outras casas na minha mente.

Eu estava ciente do fato de que James Baldwin tinha passado os últimos dezessete anos de sua vida morando na cidade francesa de Saint-Paul-de-Vence. Até onde eu sabia, ele alugava uma casa de pedra com laranjeiras e palmeiras e vistas para o mar e para as montanhas. Era o seu refúgio da hostilidade diante da cor de sua pele e sua homossexualidade nos Estados Unidos dos anos 1970. Escrevia nessa casa alugada, um cinzeiro na mesa, a lareira atrás da cadeira. Miles Davis, Stevie Wonder, Nina Simone, Ella Fitzgerald: todos fizeram a viagem para visitá-lo. Ele adentrava as noites quentes do Mediterrâneo conversando com seus amigos, sentados a uma mesa no jardim. Seu antigo amante suíço vivia na casa do porteiro com a família e cuidou de Baldwin quando ele adoeceu com câncer de estômago. Aparentemente, Baldwin tentou comprar a casa quando estava morrendo, mas de algum modo isso não deu certo. Depois de sua morte, sua propriedade alugada não se tornou o Museu James Baldwin. De minha parte, eu teria feito a peregrinação só para ver o cinzeiro de vidro em sua mesa. Teria gostado de dar uma olhada no lugar onde ele escrevia e pensava e recebia amigos. A casa não era apenas um espaço doméstico, era um espaço político. Ele tivera que deixar seu país e criar um mundo mais gentil numa casa alugada em outro lugar. Não foi a primeira vez que teve que fugir do racismo nos Estados Unidos para sobreviver e escrever. Tinha chegado a Paris, vindo de Nova Iorque, no inverno de 1948 com quarenta dólares no bolso. Naquela época, morou num hotel miserável na Rue de Verneuil. Uma casa alugada na Côte d'Azur com laranjeiras e palmeiras no jardim, cercado de amigos, era uma imagem encorajadora. Eu a mantive na cabeça por décadas, como uma velha fotografia no meu álbum de família.

Espiei outra vez a chave pendurada no galho. Será que eu deveria entregá-la a alguém no parque que cuidasse de objetos perdidos? Não. Se eu tivesse perdido uma chave, em algum momento ia me lembrar de onde a deixara e voltaria (em pânico) à árvore para buscá-la.

Eu não queria voltar e abrir a porta do apartamento agora vazio da minha madrasta, então passei o resto do dia num hotel que sabia ter uma piscina na cobertura. Estava usando minha roupa de banho debaixo do vestido, então essa parecia ser uma tarefa esperando para ser cumprida. Estava úmido. Três aviõezinhos militares voavam em formação acima da piscina. Um DJ estava ocupado preparando seu equipamento. Era um cara branco e magrelo usando jeans e óculos dourados. Jovens atraentes descansavam nas espreguiçadeiras. Era um dia enlouquecedoramente quente. Coloquei óculos escuros e tentei não adormecer. Primeiro o DJ tocou soul. O Hudson estava perto. E a High Line. Uma bananeira raquítica tentava crescer num vaso perto do bar. Minha própria bananeira era muito mais saudável. Na verdade, ela medrava na parte norte de Londres, estava com quase um metro e meio de altura. Minha filha acabava de me mandar uma foto dela e jurava que estava molhando a terceira filha todos os dias.

Pedi um *bloody mary*. Chegou com duas azeitonas gigantes metidas num espeto, e dentro das azeitonas havia dois pepinos em conserva. Mesmo uma azeitona gigante é pequena, então os pepinos eram miniaturas. O aipo era do tamanho do braço de um bebê. Enquanto eu estava tentando entender a escala de todas as guarnições do meu *bloody mary*, um homem mais ou menos da minha idade chegou com suas duas filhas pequenas. O DJ estava tocando uma música com o refrão *I want to sex you up*. O pai foi mandado embora porque não permitiam crianças no terraço depois das onze e meia. Uma das filhas tinha boias de braço cor de laranja neon, a outra usava uma espécie de roupa de mergulho com escamas de náilon e uma cauda completa de sereia. Foi a primeira vez que vi uma sereia com pernas e uma cauda. Era um design inteligente. Suponho que ter pernas e um rabo de sereia pode ser descrito como ter tudo o que é necessário.

Eu também queria nadar na piscininha, mas não achava que conseguiria suportar a vergonha de ir de uma ponta à outra no meu maiô Speedo preto, observada pelos homens e mulheres magros e maravilhosos empoleirados na borda da piscina bebericando *mojitos*. Ela só tinha um metro e pouco de profundidade, a mesma altura da minha bananeira. Depois de um tempo, mergulhei, duas pernas, nenhuma cauda.

No caminho de volta para o apartamento da minha madrasta, descobri um mercado. Uma das barracas vendia Oreos fritos. Comprei óculos escuros para as minhas filhas, um par também para o meu melhor amigo e um pouco de cominho e páprica para sua esposa, Nadia, que gostava de cozinhar com esses temperos. Enquanto eu procurava dólares na bolsa, uma mulher usando um casaco extravagante veio até mim. Disse que adorava meus sapatos estilo brogue, com suas grandes linguetas pretas e brancas. Ela era do Brooklyn, disse-me, então não estava de brincadeira, mas queria me dizer que ela própria tinha sete pares de brogues, dois numa cor que descreveu como "tomate", um amarelo-limão e quatro em vários tons de azul, do celeste até o noturno. Não me pareciam brogues, em absoluto. Ela me disse que era diretora digital de alguma coisa e que seu marido era médico e então foi embora. Foi tão estranho. Eu não conseguia entender por que me dera essas informações, mas concluí que devia ter muitos pares de sapatos no seu portfólio de propriedades. Esperava que os legasse a alguém que gostasse deles, dado que eu acabava de levar todos os sapatos da minha madrasta num saco de lixo até o brechó.

Quando voltei ao apartamento em Manhattan, meu melhor amigo comentou que estivera passando pano úmido no chão de cada cômodo enquanto eu nadava numa piscina num terraço, entornava um *bloody mary* e então arrematava o dia com uma sessão de compras num mercado.

"Por que não preparo uma Onda de Tudo para você?", eu disse, o cabelo ainda molhado da piscina. Enquanto lhe entregava um copo de café forte gelado, ele sacudiu a cabeça pesarosamente.

"Acho que isto aqui sofre da falta de açúcar, para ser honesto. Não é uma Onda de Tudo, é só uma onda de cafeína." Enquanto ele reclamava, eu lhe falei da chave no galho da árvore no Central Park.

"Em alguns aspectos," ele disse, "você é igual à minha esposa. Ela também é obcecada por chaves. Mas ela é feliz e finge ser infeliz, e você é infeliz e finge ser feliz." Ele chacoalhou o gelo em sua frustrante onda de cafeína e puxou o lóbulo da orelha direita, o que sempre fazia quando estava prestes a dizer algo provocativo.

"Sua caçula vai embora de casa em breve, então você poderia considerar se juntar a alguém com quem pudesse compartilhar sua vida."

Quando parou de mexer na orelha, ele alteou as sobrancelhas para dar ênfase.

Na manhã seguinte, enquanto eu ia até Fairway comprar um melão para o nosso café da manhã, vi uma mulher alimentando pombos na calçada. Perguntei-me se jogar sementes aos pombos era o seu modo de se sentir valorizada e amada. Talvez ela fosse um interessante protagonista em vez de um personagem secundário, e eu deveria propor isso aos executivos do cinema na próxima vez que nos encontrássemos. Quando vi que ela pintara as próprias sobrancelhas de maneira que uma estava muito mais alta do que a outra, senti-me subitamente exausta e achei que não poderia me comprometer com a fadiga e o pesar de sua história. Vi-a quando criança, com as duas sobrancelhas no lugar, mas sabia que teria que acompanhar a longa jornada feminina até a sobrancelha esquerda flutuando perto da linha do cabelo. Como estrutura para um filme, isso era bem atraente. Eu também pensava na ideia do meu melhor amigo de que sua esposa Nadia era feliz mas fingia ser infeliz. Por que ele achava que ela estava fingindo?

4

LONDRES

Eu tinha me tornado obcecada por seda. Queria dormir nela e usá-la e de algum modo sabia que tinha propriedades curativas. Começou quando recebi um nababesco cheque de direitos autorais e levei a coisa ao pé da letra e comecei a dormir feito os nababos. Primeiro comprei um lençol e uma capa de seda para o edredom, depois fronhas cor de cúrcuma. Dormir em seda foi uma revelação. Ela era fresca e morna, feito uma segunda pele, talvez feito um amante. Quando substituí a seda pelo lençol de algodão no qual passara a vida toda dormindo, ele subitamente pareceu muito áspero ao toque. Deixei-o ali por uma semana, talvez do modo que os cilícios eram usados como forma de não perder o contato com a dura realidade da vida. Francamente, eu não precisava de mais contato desse tipo. Nesse sentido, os lençóis de seda eram mais leves do que o peso da minha vida.

Fui complacente com esse estranho desejo pela seda, mas não conseguia entender o que estava acontecendo. Pensei mesmo que talvez estivesse morrendo. Talvez estivesse me preparando psicologicamente para ser embalsamada em seda feito um antigo faraó egípcio. Sim, seria esplêndido ser embalsamada em seda, mirra, cera de abelha e resinas, ou ser preservada numa pasta de carvão e argila. Na verdade, eu adoraria todas essas coisas enquanto vivia, de preferência combinadas numa máscara facial.

Aparentemente, Xin Zhui da dinastia Han chinesa (também conhecida como Lady Dai) estava envolta em vinte camadas de seda ao morrer, no ano 163 a.C. Melhor ainda, 138 sementes de melão foram encontradas em sua garganta, em seu estômago e em seus intestinos. Eu gostava de pensar nela envolta em seda num dia de verão enquanto se deliciava com uma fatia de melão suculento. Seu corpo foi encontrado intacto, o que era um alívio. Eu não queria meu cérebro extraído com um gancho de ferro, estilo faraó, embora quisesse o status dele.

Descobri que os bichos-da-seda se alimentam de folhas de amoreira e que a amoreira contém um alto índice de antioxidantes, que ajudam na reconstrução celular do corpo. Muito bem, então. Eu deveria arranjar uma frota de bichos-da-seda e contratar uma equipe para cuidar deles, em nome do meu hábito da seda. Bicicletas elétricas, cavalos de madeira e bichos-da-seda seriam parte do meu portfólio de propriedades. O melhor de tudo foi ter descoberto que a seda é produzida nas glândulas salivares do bicho-da-seda. Uma espécie de febre glandular de seda. Também li que a mãe da cantora e atriz Jane Birkin aconselhou a filha: "Quando não te restar mais nada... vista roupa íntima de seda e comece a ler Proust". Talvez agora, que eu estava separada do pai das minhas filhas e a mais nova ia embora no outono, já não me restasse mais nada?

Fosse como fosse, se eu ia incorporar um faraó, queria que alguns animais sagrados fossem enterrados comigo. Esse pensamento reconfortava muito. Teria que deixar uma observação a respeito no meu testamento. Podia ver minhas filhas lendo-o, furiosas, "Bem, ela não vai levar o gato, não, Lulu vai continuar vivo para pegar passarinhos e ronronar no nosso colo". Minha filha mais velha, que tinha talento para frases de efeito que muitas vezes me faziam rir durante dias, murmuraria, "As coisas que temos que fazer...", então acrescentaria mais uma frase sua, letal e perfeita.

Minha amiga norueguesa, Agnes, veio tomar um *spritz*. Usava brincos verdes cintilantes que eram quase tão ofuscantes quanto seus dentes branquíssimos. Eram seis da tarde, e ambas acabávamos de terminar o trabalho. Um vento enlouquecido soprava por Londres. As pessoas da meteorologia lhe deram o nome de Tempestade Eleanor. Eleanor chacoalhava as janelas Crittal do malconservado prédio de modo bastante assertivo. Num dado momento, Agnes e eu achamos que ela talvez chegasse a rachar o vidro.

Preparei o *spritz* com *prosecco*, Campari, um pouquinho de água tônica e uma fatia de laranja. Era uma bebida de verão, mas, como Camus disse sobre si mesmo, havia um eterno verão dentro de mim, mesmo quando uma tempestade ameaçava derrubar meu prédio.

"Você chegou até a gelar as taças", Agnes disse, examinando as foscas *flutes* de cristal que eu tinha comprado em Viena quando estava lá promovendo um livro. Eu disse a ela que tinha aprendido esse truque com meu melhor amigo. Ele sempre gelava os copos no freezer para as margaritas, na tentativa de fazer sua terceira esposa feliz.

Na verdade, Nadia preferia vitaminas feitas com couve e aipo.

Quando eu finalmente tivesse minha velha mansão com o pé de romã, teria um freezer separado só para gelar copos. Recentemente substituíra as fontes na propriedade por um rio correndo nos fundos do jardim. Meu castelo de areia agora incluía um barquinho a remo amarrado ao píer desse rio. Meus amigos passariam para me visitar e me encontrariam lixando e envernizando os remos do meu barco, os pés balançando na água fresca e límpida. Havia peixes naquele rio? Definitivamente. Que tipo de peixe? Eu ainda não chegara ao estágio de identificá-los, porque só recentemente substituíra as fontes por um rio de maré. E qual era o nome do barco? Ele iria se chamar *Sister Rosetta*, em homenagem à cantora afro-americana Sister Rosetta Tharpe, a madrinha do rock and roll, a primeira estrela do gospel a tocar guitarra elétrica. Fazia muito tempo que ela era o meu modelo de meia-idade, desde que eu a vira num filme tocando e cantando aos 49 anos numa estação de trem em Manchester. A guitarra elétrica pendurada em seu casaco de gola alta e seus glamourosos sapatos de salto *stiletto* eram a minha praia. Chuck Berry e Elvis e Little Richard tinham todos aprendido com Sister Rosetta. No filme, um amigo dissera sobre a força e a beleza da sua voz, "Ela podia te fazer chorar e em seguida te fazia querer dançar". Eu teria prazer em pintar o nome dela no meu barco. Quando contei tudo isso a Agnes, ela disse, "Só não entendo por que você quer uma casa na selva. Você é uma pessoa cosmopolita, gosta de se arrumar e ir a festas, gosta de sapatos altos e golas altas feito os de Sister Rosetta, na verdade suas melhores ideias ocorrem quando você está numa multidão. Então por que esse interesse rural? Você é uma diva, sempre foi".

Eu ainda não lhe falara dos lençóis de seda.

Agnes bebeu um gole do *spritz* e declarou que estava de primeira. Enquanto Eleanor uivava pelo prédio mal-conservado, notei que Agnes tinha uma postura melhor do que da última vez em que havíamos nos encontrado. Seu corpo tinha mudado. Ela parecia mais alta, mais suave, sorria com mais frequência. Desde que se separara de Ruth, sua companheira havia muito tempo, ela me disse que tinha começado a sentir as coisas outra vez. Às vezes isso era bom, às vezes era ruim. Olhou de relance para os cavalos no parapeito da minha janela, seus olhos azuis de tempestade feito os profundos fiordes escandinavos perto de onde ela nascera.

Aparentemente, Ruth lhe dissera que ela era sempre altaneira, como se estivesse montada num cavalo alto, e queria derrubá-la dali. O cavalo alto. O cavalo alto. Era sempre bom ver uma mulher montada em seu cavalo alto. Por que Ruth queria derrubá-la? Aonde ia levá-la? Quão baixo? Por que se dar ao trabalho de derrubar uma mulher do seu cavalo alto? Tempestade Ruth.

Acho que a expressão inglesa "cavalo alto", *high horse,* em tese sugere arrogância ou superioridade, mas acho que nesse caso o que realmente significava era que Agnes tinha uma percepção de seu propósito na vida, que se dedicava às coisas que queria fazer no mundo, o que às vezes significa autonomia, segurar as rédeas do cavalo alto e direcioná-lo. Afinal, não faz sentido montar no cavalo alto se você não sabe como cavalgar. Eu estava fascinada pelo *cavalo alto,* sobretudo quando uma mulher queria derrubar outra mulher de cima dele. Ruth passara um bom tempo minando Agnes e pouco tempo amando-a. Tinham 36 anos quando se conheceram e 47 quando se separaram. Era um bocado de vida, então obviamente os cavalos tinham mostrado as caras.

Agnes me disse que, desde que se mudara da casa que dividira com sua antiga companheira, sentia um desejo muito estranho de usar brincos de esmeralda verdadeira.

"Eu queria muito umas pedras."

Explicou que não queria esmeraldas para fazer qualquer tipo de ostentação de riqueza (ela não era rica), não, o que queria na meia-idade eram pedras que tivessem vindo das profundezas da terra e que reluzissem em suas orelhas. Precisava de *brilho.* Fitava as vitrines dos joalheiros e pensava, *Não, essas são muito pequenas,* muito embora não tivesse dinheiro para comprar esmeraldas do tamanho de uma cabeça de alfinete deitadas em seus pequeninos caixões de veludo. Nós nos perguntamos se as pedras extraídas da terra estavam de algum modo conectadas a sangue e osso ou ao princípio do tempo. Mas então observei que ela não ia querer usar carvão nas orelhas, e carvão também era extraído da terra.

"Seja como for," ela continuou, apontando para as próprias orelhas, "estes vão servir, por enquanto." Havia comprado brincos de cristal verde que eram uma imitação das esmeraldas que queria reluzindo em suas orelhas. Sim, ela teria *brilho* ao cavalgar seu cavalo alto pela

North Circular quando fosse consertar sua tela rachada no Mr. Cellfone.

Achei que estava na hora de contar a ela sobre os lençóis de seda e, quando fiz isso, ela insistiu em dar uma olhada neles.

Cúrcuma. Dourado.

"Acho que você voltou ao país do seu nascimento", ela sugeriu. Eu lhe disse que acrescentaria a seda ao meu portfólio de propriedades, junto com os cavalos e as bicicletas elétricas. Ela notou uma luminária feita de madeira e cobre na minha escrivaninha e achou que valia a pena incluí-la no inventário, junto com meus livros de biblioteca de Sigmund Freud e a poesia de Apollinaire.

A Tempestade Eleanor tinha se acalmado.

"O mais estranho", ela me disse, enquanto voltávamos à garrafa de *prosecco* na sala de estar, "é que as pessoas me dizem que eu pareço uma rainha com minhas esmeraldas falsas." Era verdade que naquela fase, com sua nova postura, ela parecia bastante majestosa.

Perguntei-lhe se era bom ser uma rainha.

"Sim, é", ela disse. "É estranho, mas por que não? Alguém que demanda atenção. Alguém que se julga cheia de direitos, que requer ser ouvida."

Sugeri que se ela fosse uma rainha, provavelmente teria crescido num castelo e se sentado num cavalinho de balanço, na infância, com uma sela de couro. Não era como estar num cavalo alto, embora talvez fosse um ensaio. Haveria quadros de patriarcas nas paredes de pedra do castelo, e ela não teria recebido aconchego, cócegas ou beijos de seus pais da realeza, para que o afeto em demasia não prejudicasse seu caráter. Enquanto eu falava, suas novas pedras reluziam e capturavam a luz.

Eu não disse a Agnes que estava pensando na Rainha Branca e na Rainha Vermelha de *Através do espelho* e também na Rainha de Copas de *Alice no País das Maravilhas*, de Lewis Carroll. Uma daquelas rainhas sempre tinha uma escova metida no cabelo. Aparentemente, a ideia ocorreu ao ilustrador inglês John Tenniel ao observar pacientes perturbadas num asilo de loucos da sua época. Um delírio comum compartilhado por essas mulheres era o de que eram rainhas. Lewis Carroll tinha pensado um pouco na psicologia dessas mulheres maduras e furiosas:

> Visualizei a Rainha de Copas como uma espécie de personificação de uma paixão ingovernável – uma Fúria cega e sem rumo.
>
> A Rainha Vermelha eu visualizei como uma Fúria, mas de outro tipo; sua paixão deve ser fria e calma; ela deve ser formal e rigorosa, mas não destituída de gentileza; pedante ao décimo grau, a essência concentrada de todas as governantas!

Jane Eyre era uma governanta, mas não era fria e calma. Charlotte Brontë reescrevera o roteiro. Sua governanta não era um personagem materno ameaçador, na verdade ela própria não tinha mãe e não fazia a menor ideia de como ser uma mãe severa para um homem adulto que ela desejava. O alter ego de Jane Eyre (Bertha Rochester), convenientemente trancada no sótão, era a personificação de uma paixão ingovernável, uma espécie de Rainha de Copas. Talvez tivesse uma escova metida no cabelo também. A louca no sótão tinha se recusado a ser governada por seu marido.

Comecei a me perguntar se o delírio de ser uma rainha ou, no meu caso, um faraó tinha a ver com adquirir poder e respeito, exatamente como Agnes descrevera. Nesse sentido, talvez não houvesse muita diferença entre uma rainha e uma mulher que alimenta os pombos na calçada. Ambas aparentemente tinham súditos devotos curvando-se a seus pés, alguns humanos, alguns com penas.

O cabelo de Agnes era bastante liso. Não havia uma escova metida ali. Talvez ela fosse mais como Juno, a deusa padroeira do Império Romano, a quem deram o nome de "Regina" ou rainha. Juno usava um diadema na cabeça e era com frequência retratada sentada, com um pavão junto aos pés. Tomei nota desse pavão, para atormentar os executivos do futuro filme. Da próxima vez que me pedissem para dar ideias para uma potencial protagonista feminina, eu diria, "Que tal se ela se sentar em seu humilde apartamento londrino comendo Sucrilhos com um pavão sentado aos seus pés?".

Terminamos o *spritz* e fiz uma panela de espaguete com anchovas para acompanhar a rodada seguinte. Nós duas estávamos vendo uma série de TV, um drama chamado *Feud*, sobre as vidas e carreiras de Bette Davis e Joan Crawford e, na verdade, sobre a rixa contínua entre elas. Aparentemente, Bette Davis (interpretada por Susan Sarandon) tinha o talento; e Joan Crawford (Jessica Lange), a aparência. Ambas eram mães solo e divas e alcoólatras. Tempestade Bette. Tempestade Joan.

Das duas, Crawford era descrita como sendo menos capaz de aceitar o envelhecimento com graça e tranquilidade. Ela sabia que sua aparência em declínio ia deixá-la sem trabalho, e foi exatamente isso o que aconteceu.

Conforme essas atrizes envelheciam, os papéis disponíveis para elas começaram a encolher. Todas as esmeraldas e lençóis de seda do mundo, nem mesmo os melhores maquiadores da cidade iriam conseguir colocá-las outra vez nos papéis principais. Isto é, o tipo de papel em que elas eram desejadas por vários protagonistas masculinos. Os papéis que lhes ofereciam eram de mães, avós e, no caso de Crawford, uma cientista piegas num filme chamado *Trog*. Quando fui pesquisar *Trog*, pude ver o atrativo. Pelo menos o personagem de Crawford, a dra. Brockton, tinha uma profissão e, quando ela encontra um homem das cavernas da Era do Gelo, dedica-se a transformá-lo em seu animal de estimação. Há muitas provas de que as atrizes de meia-idade e mais velhas subitamente descobrem que não há papéis para elas no palco e no cinema. Isso não era novidade para mim, mas ver Bette e Joan enfrentando os mesmos exatos problemas de suas irmãs no século XXI começava a me preocupar.

Perguntei a Agnes por que fazer o papel de mães, avós, tias-avós e solteironas excêntricas era visto como um rebaixamento. Ocorreu-me que o que estava errado com os roteiros era que as mães e avós estavam sempre ali para policiar os desejos mais interessantes dos outros, ou para reconfortá-los, ou para ser sábias e sem graça.

As mais excêntricas entre as mulheres mais velhas estavam ali em nome da comédia. Esses tipos de personagens estavam em sua maioria desconectados dos homens. Não havia personagens femininos com vidas próprias e plenas – em particular vidas nas quais se sentiam contentes. Não, eram retratadas cuidando de seus maridos mais velhos ou eram solitárias, sem companhia, ou doentes e debilitadas, ou eram tiranas na esfera doméstica, ou eram loucas.

Por que eram escritas desse jeito? Estava claro para mim que Gertrude Stein e Alice Toklas tinham desfrutado de uma vida bem melhor em seus anos avançados do que Bette Davis e Joan Crawford. Agnes espetou meu braço com seu garfo. Acho que ela estava me lembrando de como fora ser derrubada do cavalo alto por Ruth.

Perguntei-me como eu escreveria um roteiro para Bette Davis e Joan Crawford na meia-idade e na velhice. Como essa história iria se desenrolar? Nada de excentricidade e mau humor. Tudo bem, talvez um desejo de lençóis de seda e esmeraldas. Agnes estava ocupada tirando as anchovas do seu espaguete. Tive que explicar que na verdade era espaguete com anchovas, então tudo o que ia sobrar seria espaguete.

"E quanto à solidão?", ela disse. "Estou muito sozinha neste momento."

"Sim," respondi, "dê a ela a solidão. Melhor ainda, dê a ela uma crítica de sua solidão. Dê-lhe desejos e conflitos que não são todos motivados por homens. Dê-lhe melancolia em vez de depressão, tristeza em vez de desespero. Por que um personagem feminino melancólico não seria gostável?"

Agnes olhava com desespero para seu espaguete.

"Dê a ela tudo exceto anchovas", eu disse, gesticulando com as mãos. "Dê a ela as cabras dormindo nas árvores de argan a oeste de Marrakesh."

Agnes confessou que estava perplexa. A expressão de seu rosto era similar à dos executivos do filme.

Eu andara recentemente vendo o filme *Através de um espelho*, de Ingmar Bergman, um conto sombrio (obviamente) sobre umas férias em família na ilha sueca de Fårö. O personagem do pai é um escritor. Ele é solitário, alheio, autocentrado, triste. Compra para os filhos presentes desatenciosos que eles não querem. Nunca está presente para sua filha e seu filho adultos, mas eles querem que esteja. É governado por sua vocação e ainda está escrevendo às quatro da manhã em seu feriado com a família. Seus filhos crescidos o atrapalham com seus problemas enquanto ele trabalha. Querem sua admiração e atenção. Sim, ele tem carisma, é um profundo pensador e todos querem um pedaço dele. O amável genro, casado com a filha mentalmente frágil do escritor, diz a esse personagem do pai (quando saem num passeio de barco) que sua insensibilidade ao perseguir seus próprios interesses e obsessões acima das necessidades da família é perversa. Que ele não sabe nada da vida, que é um covarde e um gênio das evasões e desculpas.

O personagem do pai chora sozinho na cozinha e então coloca sua máscara social e se junta à família como se nada tivesse acontecido. A realidade o aterroriza, a banalidade da vida cotidiana o entedia, as fragilidades dos filhos o angustiam. Acima de tudo, sente ciúme e perplexidade diante do amor duradouro que seu genro tem por sua filha sofredora. Afinal, ele próprio tem muitas amantes que vêm e vão e aceita ofertas lisonjeiras para trabalhar no estrangeiro – sim, ele deixa sua família para criar arte sobre a condição humana, longe dos seus, mas ainda assim conectado a eles.

É um personagem realmente fascinante. O mais cativante era a crítica feita por Bergman de seu protagonista masculino. O modo como permitiu que ele errasse, fosse tolo e profundo, gentil e cruel, que existisse com total complexidade e paradoxo.

"Bem, e quanto a um personagem *feminino* que exista dessa maneira?", eu recentemente sugerira a três executivos do filme, dois deles mulheres. Todos pareceram um pouco tensos, mas se inclinaram para a frente a fim de ouvir mais.

Notei o modo como se inclinaram, esperando estar prestes a finalmente lhes vender um roteiro. "Sim," eu disse, "ela segue todos os seus desejos, cada um deles. É implacável na perseguição de sua vocação, aceita todas as ofertas de trabalho, enquanto sua família definha por ela. Além disso," eu disse, "tem muitos casos amorosos com pessoas com as quais nunca vai se comprometer totalmente e sempre compra para seus filhos presentes desatenciosos de último minuto no aeroporto quando volta de suas excitantes viagens."

A executiva mais gentil riu. Parecia exausta. Havia olheiras sob seus olhos. Talvez eu a estivesse exaurindo. Talvez sua família a estivesse exaurindo. Mais cedo, antes que a reunião começasse formalmente, ela estava me contando das noites em claro com seu novo bebê. Eu não queria ter essa conversa com ela porque estava ali para oferecer ideias que poderiam comprar para mim alguns bens imobiliários reais. A executiva mais cruel me perguntou como o público viria a gostar de tal personagem.

"É uma decisão difícil", respondi.

Parecia que nenhuma mulher naquela mesa tinha perseguido implacavelmente seus próprios sonhos e desejos à custa de todas as outras pessoas. Na verdade, eu sabia que nos sentíamos culpadas todas as vezes que nos ausentávamos das vontades e dos desejos daqueles que dependem de nós para o seu bem-estar e para pagar as contas.

Havia muitas mulheres que eu conhecia, incluindo eu mesma, que não eram dependentes dos outros, mas de quem os outros dependiam para pagar as contas. Essas pessoas que se fiavam no talento alheio eram com frequência ressentidas e hostis. Queriam derrubar essas mulheres do seu cavalo alto, mas seu próprio sustento dependia de que elas guiassem com talento o cavalo alto e galopassem mundo afora a fim de pagar as prestações da sua casa.

Então, como os executivos queriam que suas personagens femininas fossem? Eu devia ter feito essa pergunta, mas já sabia a resposta. Elas tinham que ser gostáveis.

Uma mulher que está guiando seu cavalo alto, com desejos próprios, é gostável?

Só se guiar seu cavalo para despencar do penhasco. Ela tem o direito de ser excepcionalmente talentosa para morrer.

Outra cena do filme de Bergman me veio à mente. O personagem intenso do pai fuma um cachimbo lá fora, à noite, enquanto contempla com ar sonhador as estrelas. Seus filhos estão sentados a seus pés, esperando que ele diga algo incrível. Infelizmente, essa cena me deu outra ideia para apresentar aos executivos. "Talvez essa intensa personagem, essa mulher/mãe/escritora, olhe com ar sonhador para as estrelas enquanto seus filhos se sentam a seus pés, esperando que ela diga algo incrível." Eles sabiam que eu sabia que isso era ridículo, mas de algum modo não podiam rir comigo. Afinal, de quem e do que estariam rindo?

O mais imperturbável dos executivos meio que sorriu. Olhou então para seu telefone. Minha propriedade potencial tinha se transformado em poeira diante dos meus olhos. Eu poderia ter até construído uma mansão usando só essa poeira. O personagem feminino que eu estava descrevendo seria um personagem subversivo, mas se fosse um personagem masculino não seria subversivo. Essa reunião tinha acontecido num clube de mídia londrino. Quando me registrei na entrada, a jovem na recepção disse, "Ah, a senhora é a escritora?", e, quando eu disse que sim, a jovem tinha coisas astutas a dizer sobre um romance em particular que eu tinha escrito e de que ela gostara. Eu queria muito chamá-la para a reunião e lhe implorar que ficasse ali no meu lugar enquanto eu cumpria seu turno de trabalho.

No mínimo, eu disse a Agnes, eu nunca mais queria ver um filme em que um homem de seus cinquenta e muitos anos se envolve romanticamente com uma mulher de vinte e poucos, e essa diferença nas estações de suas vidas nunca é retratada do ponto de vista dela. É verdade que eu me perguntei, no filme de Bergman, por que o amável genro de meia-idade tenta fazer sexo com sua bela e jovem esposa esquizofrênica. Afinal, ela não está bem e se recupera de um brutal tratamento com eletrochoques. Ela o afasta, pede desculpas por sua falta de desejo por ele, corre para o sótão e atravessa a parede, ingressando num outro tipo de vida. Isso é em tese uma alucinação, parte da sua doença, mas talvez outro tipo de vida seja exatamente o que ela mais quer.

Agnes e eu conversamos até tarde da noite. Sempre que ela mexia a cabeça, os brincos verdes de cristal projetavam prismas de luz pela sala, como um globo reluzente numa discoteca. Ela sugeriu que, se eu quisesse comprar minha antiga mansão, deveria criar um personagem feminino gostável que se casasse com o protagonista masculino no fim do filme. Seja pragmática, ela insistiu, feche o contrato, escreva o roteiro e compre sua casa com o rio e o barco a remo.

Olhei de relance para os cavalos no parapeito da janela. Eles olhavam de volta com seus escuros olhos pintados.

"Bem," disse Agnes, tirando os sapatos e passando da cadeira para o tapete no chão, "não acho que você realmente queira sua casa com o rio e o barco a remo." Ela me disse onde guardava os cigarros. Peguei um de sua bolsa e o acendi com seu isqueiro, que estava enfiado num bolso secreto fechado com um zíper.

"Não, você está errada, Agnes", eu disse, enquanto soprava a fumaça. "Quero essa casa mais do que qualquer outra coisa. Quero a escritura dessa casa." Enquanto eu fumava, Agnes começou a tentar fazer uma invertida iogue sobre a cabeça. Quando ela estava perfeitamente alinhada, suas longas pernas escandinavas subiram, os dedos agora apontando na direção do teto.

"Na verdade," eu disse, "venho carregando essa casa dentro de mim a vida inteira."

"Deve ser muito pesada, então", Agnes respondeu. "Por que não abrir mão dela?"

Fiz um gesto com o cigarro para os seus pés. "Nunca! Eu ia me desintegrar sem essa casa para almejar."

Agnes, que ainda estava de cabeça para baixo, agora fazia uma espécie de movimento de estrela-do-mar com as pernas. Não. Era um movimento de tesoura, e ela estava ocupada cortando em pedaços meus sonhos com bens imobiliários.

"Desça do seu cavalo alto, Agnes", gritei, em meio a uma espiral de fumaça.

"Sabe," ela disse, "acho que o seu *spritz* melhorou meu equilíbrio."

Era verdade que, mesmo quando estava de cabeça para baixo, seus brincos verdes de cristal lhe davam uma espécie de majestade.

5

MUMBAI

*A tarefa do tradutor é a de redimir na língua própria
aquela língua pura que se exilou nas alheias,
a de a libertar da prisão da obra através da recriação poética.*

Walter Benjamin, "A tarefa do tradutor"
(FALE/UFMG, 2008)

Conforme meus livros começavam a ser traduzidos mundo afora, nunca perdi a emoção de ver minhas palavras dispostas na página em outra língua. Muitos escritores que eu conhecia tinham sido traduzidos quando eram muito mais novos do que eu, então viajar para encontrar seus leitores tinha se tornado parte de suas vidas profissionais. Em termos de negócios, eu tinha cerca de oito anos de idade. Acontece que essa foi a idade com que comecei a escrever. Quando tinha oito anos, inventei um gato que não era nem ele nem ela. Podia voar e fazer arabescos sobre uma fileira de jacarandás. Tinha olhos amarelos e seu poder imenso me amedrontava. Isso era bom. Qual o sentido de escrever uma história que faz você dar risadinhas e em certo momento cochilar? Naquela história, descobri que o gato era solitário apesar do seu poder. No fim da minha adolescência, o primeiro livro traduzido que li nos subúrbios de Londres foi *Cem anos de solidão*. Pensei naquele gato da minha infância quando li sobre como o Coronel Aureliano Buendía estava solitário e perdido precisamente porque tinha aquele imenso poder.

> Extraviado na solidão do seu imenso poder, começou a perder o rumo.

Essa frase iluminou minha vida em West Finchley. A poesia épica de Gabriel García Márquez tinha sido entregue nos subúrbios da Inglaterra por um tradutor heroico invisível. Será que em algum momento me ocorreu que um dia eu talvez escrevesse livros que seriam traduzidos e lidos por alguém que vivesse nos subúrbios de outro país? Embora isso parecesse muito além do alcance de uma adolescente nos anos 1970, comecei a ter uma noção da magnitude do mundo, e queria mergulhar nele.

Ser *traduzida* era como viver outra vida em outro corpo na França, Ucrânia, Suécia, Vietnã, Alemanha, China, República Tcheca, Espanha, Romênia – onde fosse. Com frequência eu pensava nos meus tradutores, a maioria desconhecida por mim, embora alguns mandassem perguntas por e-mail, com frequência perguntas estranhas. Às vezes minha escolha de palavras tinha que ser alterada porque essas palavras tinham três outros significados em outra língua e cultura. Eu sabia que esses tradutores competentes não estavam criando um duplo do meu livro, mas sim uma nova vida para ele. Estender os braços para o grande e desconcertante mundo era o sentido da escrita, na verdade o único sentido. Ao mesmo tempo, o Brexit devorava o noticiário, e eu me perguntava ansiosamente como seria a vida separada da Europa. Talvez viesse a ser como viver numa espécie de silêncio.

> Sem a tradução, habitaríamos freguesias bordejando o silêncio.
>
> George Steiner,
> *Errata: uma vida examinada* (1997)

Despedi-me das minhas filhas porque tinha sido convidada para um festival literário em Mumbai, na Índia. No avião, preparando-me para dormir, salpiquei algumas gotas de óleo de lavanda no travesseiro. Quando acordei, vinte minutos depois, tentei uma gota de ylang-ylang para conjurar o sono que se evadira de mim. A aeromoça chegou para sussurrar que um dos passageiros não estava gostando muito das minhas poções aromáticas pairando pela cabine. Ela me disse que, pessoalmente, aplaudia-me por transformar a cabine num templo do deleite, mas ao mesmo tempo era obrigada a transmitir o recado. Notei que o homem que havia reclamado estava agora roncando alto com a boca bem aberta. Minhas poções aromáticas tinham lhe oferecido o sono (eu estava convencida), mas não a mim mesma. Fiquei acordada a noite inteira enquanto as flores de ylang-ylang pendiam dos ramos dos sonhos dele.

Ainda assim, eu gostava muito de ylang-ylang. Sua fragrância doce e erótica era quente mas áspera, feito um martelo envolvido em pele.

Foi naquele longo voo que comecei a inventar um personagem feminino que gostava de ylang-ylang; ela sempre podia ser identificada por essa fragrância. Estaria loucamente apaixonada por um homem indiferente de cujo narcisismo tinha que correr, e depressa, se quisesse fazer as coisas que tinha que fazer no mundo. Assim como o ylang-ylang, ela seria doce mas levemente ameaçadora.

O festival colocou os autores num hotel arranha-céu, do outro lado da rua, diante do mar da Arábia. O fotógrafo pediu que nos reuníssemos todos para uma fotografia junto à piscina do hotel, então nos disse para fazer o gesto de positivo. Eu não sentia que essa era a pose correta para mim. Sua associação com o gesto popular de líderes autoritários desfilando seus polegares brancos e eretos para a mídia mundial não era algo que eu quisesse imitar. Minhas canelas nuas estavam sendo comidas por mosquitos enquanto o fotógrafo clicava a minha falta de polegares para cima, e então, por fim livre, mergulhei na piscina. Havia corvos por toda parte, saltitando e pulando e voando. Lá no alto, acima da piscina, havia dois pássaros graciosos voando em círculos, a envergadura de suas asas surpreendentemente ampla no céu. Era um prazer nadar com as aves de Mumbai.

Eu me encontrei com Vayu Naidu, a apresentadora da minha fala no festival. Ela usava um sári majestoso, de listras rosa e brancas. A elegância do sári é imbatível, a maneira como ele se move com o corpo, sua fluidez e sua forma. Vayu, em toda a sua beleza, tinha agora sessenta anos de idade, o cabelo grisalho cortado bem curto. Ela ofereceu uma crítica astuta dos meus livros. Nas perguntas que se seguiram, foi interessante pensar em voz alta junto com o público. Acho que meu propósito literário era pensar livremente, ou, antes, que os livros falassem livremente em meu lugar. Se isso parece fácil e óbvio, não é fácil, nem na página nem na vida. Algumas pessoas se sentem loucas quando tentam lidar com dois pensamentos contraditórios ao mesmo tempo, como se temessem ter feito algo errado e precisassem purgar o pensamento intruso antes que ele enlameie a água. O sentido de pensar é que isso vai sempre enlamear a água. Então, como vivemos com nossos pensamentos livres e com a lama?

Na ficção realista da Europa Ocidental, o que uma escritora há de fazer (perguntávamo-nos em voz alta) com o irracional, com as sincronicidades, com a superstição e a mágica pessoal que inventamos para nos manter fora de perigo, com o misterioso, com os fluxos de pensamento e as digressões que contradizem nossas tentativas de consertar a história? Será que podemos aceitar que a língua é sagrada e apavorada e cheia de cicatrizes também, porque é assim que nós somos? Li para eles uma citação de Marguerite Duras:

> Creio que o que condeno nos livros é, de modo geral, o fato de não serem livres.
>
> Isso se vê através da escrita: eles são fabricados, organizados, regulamentados, adequados, eu diria. Uma função de revisão que o escritor exerce, muitas vezes, em relação a si mesmo. O escritor se torna então seu próprio policial. Refiro-me aqui à busca pela boa forma, ou seja, a forma mais corrente, mais calma e mais inofensiva. Há ainda gerações mortas que fazem livros pudicos. Até mesmo os jovens: livros encantadores, sem consequência alguma, sem

noite. Sem silêncio. Em outras palavras: sem um verdadeiro autor.

Escrever (Relicário, 2021)

Falamos sobre como a maior parte da literatura, assim como a vida, confunde-se com modos de ter menos e de ter mais. Algumas pessoas precisam sofrer menos e algumas pessoas precisam sofrer mais. Todas as pessoas com as quais nos importamos precisam sofrer menos. Todos são poderosos quando se sentem ouvidos e vistos. É uma luta chegar a qualquer lugar próximo de ser ouvido e visto, então, o que faz uma escritora a esse respeito? Se ela inventar histórias nas quais os protagonistas são vistos e ouvidos, isso parece real? Essas perguntas então me guiaram rumo ao meu romance *Nadando de volta para casa*. Falamos sobre as maneiras como uma pessoa poderosa pode ser vulnerável; e uma pessoa frágil, imensamente poderosa; e como a escritora constrói para seus leitores uma trilha de migalhas de pão na floresta. Talvez uma outra palavra para essa trilha seja *enredo*, com todas as suas tramas secundárias interconectadas, o que talvez seja uma outra palavra para *histórias*. Sabemos que os pássaros podem dar um voo rasante a qualquer momento e devorar a trilha, mas estamos programados para querer encontrar nosso caminho para casa. Afinal, estar perdido sem querer ser encontrado é um lugar de profundo pesar. Esse é o lugar que explorei em *Nadando de volta para casa*. É o lugar que Virginia Woolf habitava quando escreveu sua última carta ao marido antes do suicídio. As primeiras palavras são muito fortes. Têm mesmo uma vírgula, de modo que ela respirou fundo antes de escrever suas palavras finais.

Meu querido,

Quando me encaminhava para a sessão de autógrafos, encontrei o escritor Shreevatsa Nevatia, cujo livro *How to Travel Light: My Memories of Madness and Melancholia* [Como viajar com leveza: minhas memórias de loucura e melancolia] descreve sua experiência de depressão e episódios maníacos. Ele disse que, numa de suas fases maníacas, havia arrancado as páginas de seu exemplar de *Mrs. Dalloway* e espalhado-as pelas ruas de Délhi. Queria que todo mundo lesse aquelas páginas específicas, porque se identificava com o personagem Septimus Warren Smith, de Woolf. Septimus é um soldado que voltou para casa do combate na Primeira Guerra Mundial. Em estado de choque e sofrendo alucinações após o sangue e as vísceras da batalha, ele é incapaz de fingir que sua mente não está esmagada ou que ele pode voltar para a vida tal como ela era antes da guerra. É um tributo a Woolf que as palavras que deu a Septimus tenham sido espalhadas por Shreevatsa sobre as calçadas de Délhi. E é um tributo a Shreevatsa também, seu desejo de que todos entendam essas palavras. Em cada década da minha vida, dos vinte anos em diante, pensei com frequência em Woolf, espirituosa, brilhante, desesperada, enchendo os bolsos com pedras e caminhando para dentro daquele rio. Não sei por que é o seu suicídio em particular que me fere e assombra de modo tão pessoal. Se sinto que seus livros me falam calmamente acerca das coisas que a enraiveciam, posso ainda assim ouvir sua raiva, sua respiração, sua cadeira rangendo quando ela muda a posição das pernas ao escrever.

Enquanto isso, a vida do festival (uma vida de que Woolf talvez tivesse gostado), uma vida irreal e maravilhosa, estava acontecendo ao meu redor em ritmo acelerado. Alguém me passava um prato de biscoitos com geleia de coco. Ao mesmo tempo, eu também estava sendo apresentada a uma mulher mais velha que recomendava um alfaiate local. Ela me deu o endereço e o telefone dele porque eu lhe disse que tinha comigo um vestido que queria mandar copiar. Ela me perguntou onde eu ia comprar o tecido para esse vestido. Expliquei que tinha trazido um lençol extra de seda cor de cúrcuma.

Vayu e eu subimos num riquixá motorizado. Foi a primeira vez que vi algo de Mumbai: as barracas de mercado abertas nas calçadas, pilhas de vagens, abóboras-morangas, abobrinhas, couves-flores, gengibre, cúrcuma, vendedores falando em seus celulares, as sandálias colocadas ordenadamente ao seu lado. Em algum outro lugar, um ventilador elétrico se equilibrava, precariamente, numa caixa de madeira em que uma grande quantidade de óculos de sol espelhados estavam dispostos, reluzentes feito sardinhas prateadas. Tanta coisa acontecia, mas não conseguíamos encontrar Parmar, o alfaiate. Vayu insistia que, assim como ele estava perdido para nós, estávamos programadas para encontrá-lo. Telefonou para ele, que deu ao motorista as coordenadas. Por fim descemos junto a uma barraquinha numa rua movimentada, e ali estava ele, Parmar, o cabelo preto entremeado de prata. Ele desdobrou meu lençol de seda e o examinou longamente. Foi um momento tenso, como se ele estivesse buscando traços de fluidos corporais, e havia uma mancha, é claro. Uma pequena ilha de tinta preta. Isso me fez rir um bocado. Era resultado de escrever com caneta-tinteiro na cama, mas comecei a pensar na própria língua escrita como tendo suas secreções corporais: sangue, esperma, fezes, lágrimas, urina, suor, saliva. Nos velhos tempos, a tinta teria sido tinta de polvo, um fluido corporal literal, ou mesmo fuligem misturada com água e alguma coisa para dar liga, mas agora era feita de corante sintético. Quando eu finalmente batesse as botas e fosse mumificada em seda, argila e vários aromáticos, acrescentaria tinta de fuligem à mistura, talvez sobre minhas pálpebras.

Parmar não parecia muito preocupado com a tinta na seda. Tirou minhas medidas enquanto eu estava ali, parada sobre a lama seca da rua, e insistiu que eu viesse buscar meu vestido na segunda-feira às duas da tarde. Não vi máquina de costura, só um par de tesouras de prata com anéis dourados. Então escalamos outra vez nosso riquixá, os pés descalços do motorista projetando-se para fora da porta enquanto ele dirigia pelo trânsito caótico. Era assim que eu gostaria de dirigir também, e de algum modo o riquixá motorizado me lembrava minha bicicleta elétrica, exceto por ter um vagão preso às costas.

Vayu e eu partimos em busca de um *masala chai* junto ao mar. Estávamos sem sorte, mas o garçom nos trouxe duas xícaras de água quente e dois saquinhos de chá Lipton. Conversamos sobre a vida e sobre culinária e sobre como a cúrcuma transforma tudo num amarelo irrevogável, incluindo nossas unhas e nossas roupas. E falamos de um verso do filósofo, poeta e compositor bengali Rabindranath Tagore:

É muito simples ser feliz, mas é muito difícil ser simples.

Confessei a Vayu que compreendia como era difícil ser simples, todo escritor sabe que isso é real, mas que na verdade eu não acreditava na parte sobre a felicidade. Ela disse, "Bem, estou feliz por estar aqui ao seu lado com uma xícara de água quente e um saquinho de chá".

Ocorreu-me que eu também estava feliz.

Mais tarde, saí do hotel caminhando e fui para a beira-mar. Foi ali que escolhi a minha barraquinha de *bhel puri* em meio a todas as outras barraquinhas de comida de rua. Eu disse sim a tudo: sim ao *curry* de tamarindo, sim à cebola, ao coentro e ao tomate picado, sim ao arroz tufado e às pimentas e aos amendoins. Peguei o prato de papel com esse delicioso lanche e me sentei no degrau perto dos barracos improvisados onde muitas famílias moravam. Havia uma placa presa a um muro: *Proibido lavar roupas. Proibido cozinhar.* Todo mundo estava cozinhando e lavando roupas.

O sol estava se pondo sobre o mar da Arábia, o oceano onde as cinzas de Gandhi foram jogadas em 1948 e do qual tartarugas às vezes emergiam para pôr seus ovos, dependendo dos cachorros selvagens que patrulhavam as praias. Sentada naquele degrau, observei uma mulher num sári rosa enrolar um tapete que estava estendido no chão de concreto de um dos barracos. Um homem mais velho, talvez seu avô, estivera dormindo ali. Ela agora cozinhava no fogão a gás portátil no canto enquanto ele procurava por suas sandálias. Corvos começaram a se reunir aos meus pés como se fossem meus melhores amigos. A mensagem deles era de que era polido compartilhar o *bhel puri* com eles. Uma cineasta italiana no festival, casada com um homem de Mumbai, disse que quando sua mãe veio de Roma visitá-la em Mumbai, jogava *chapattis* da sacada para os corvos. Aparentemente, sua mãe achava que isso ia lhe trazer sorte. Um dia viu os corvos desventrando uma ratazana gigante, os bicos enterrados fundo nos intestinos sangrentos. Depois disso ela deixou de lado os corvos e nunca mais jogou um *chapatti* para eles em nome da sorte. Era sua esperança ver quatro corvos juntos, porque sua vizinha lhe dissera que isso significava que ela ia se tornar abundantemente rica.

Duas garotas, talvez irmãs, arrastavam um balde até uma bomba-d'água. Depois de um tempo começaram a lavar os pratos empilhados no balde, conversando uma com a outra tão excitadamente quanto os corvos. Uma mulher indiana no festival me dissera, "Se educarmos as meninas, podemos mudar o mundo". Era nisso que eu pensava enquanto terminava meu *bhel puri*, olhando para o mar da Arábia.

Voltei dos barracos e da brisa quente do mar para os acres de piso de mármore polido e o frio do ar-condicionado do hotel. Tudo o que eu precisava fazer era atravessar uma rua para ir de um mundo a outro. Registrei essa estranha travessia e ela influenciou, de forma oblíqua, *O homem que viu tudo*.

No festival, num salão que antes era um estúdio de Bollywood nos anos 1930, ofereceram-me meu primeiro copo de *masala chai*, fragrante com cardamomo verde, canela, anis estrelado e cravo. Um escritor de Calcutá veio falar comigo. Contou-me que agora vivia com a esposa na casa dos sonhos deles, em Goa. Se eu fosse morar lá, ele disse, eu poderia pagar uma casa com cozinheiro e motorista. Poderia escrever meus livros e nadar no mar, em vez de me tornar decrépita no clima inglês. Anotou para mim alguns lugares onde poderia explorar minha busca por uma casa, mas eu realmente queria perguntar a ele como seria a vida para uma mulher sozinha ali, uma mulher que em breve completaria sessenta anos. Não perguntei isso, porque parecia que eu estava escrevendo um futuro no qual estava sozinha, sem um companheiro. Eu era supersticiosa acerca da escrita desse roteiro, mas a verdade é que acreditava ser real.

Houve uma intervenção nessa trama quando um homem encantador de Délhi, que se descrevia como alguém que sussurrava para as árvores, havia sussurrado seus flertes para mim numa festa promovida para todos os autores. Disse-me que árvores sedentas eram um problema quando a água era escassa. Consequentemente, dada a maneira como o clima estava mudando, árvores sedentas iriam acabar tão extintas quanto os tigres. Ao mesmo tempo, ele adorava acima de tudo as figueiras locais, com suas folhas em formato de coração. Por acaso eu sabia que os figos sempre crescem em pares – aha, muito sábio da parte deles, ninguém quer ficar sozinho – e que o sumo do tronco é bom para curar dor de dente? Isso é algo bom de se saber (seus lábios sussurrantes estavam próximos do meu ouvido) se você ficar doente e não tiver ninguém para cuidar de você. Ele gostava de uísque e cigarros e achava divertido que eu fumasse *bidis*. "Por que gosta deles?", perguntou. Eu disse que eram aromáticos. Ele disse que o *bidi* era tabaco envolto numa folha de *temburni* dourado. "Você tem que se casar comigo", ele disse. "Sim, precisa Vir Morar Comigo nas colinas de Délhi, podemos plantar árvores juntos e você pode fumar *bidis*." No barulho e sociabilidade gerais da festa, onde ele estava sempre ao meu lado e com o fluxo infinito de vodca com tônica e limão fresco, parecia uma vida perfeita.

Sim, por que você não faz isso? Arrume as malas e vá morar nas colinas de Délhi com o homem que sussurra para as árvores.

Minha casa seria circundada por figueiras sagradas, e ele sussurraria para os figos, encorajando-os a começar a amadurecer em meados de abril, com uma segunda onda em outubro. Afinal, ele era elegante, divertido e inteligente. Eu estava prestes a telefonar para o meu melhor amigo e lhe contar sobre o novo plano quando vi os olhos do homem que sussurrava se desviarem para uma jovem bonita que acabava de entrar na festa com um minivestido reluzente. Dei-me conta de que afinal não era uma ideia tão boa. Ainda assim, tinham me oferecido uma nova imagem de mim mesma fumando *bidis* nas colinas de Délhi. E algo mais. Provei sorvete de goiaba pela primeira vez naquela festa. Foi servido com sal e pimenta, uma versão da mania de doce com azedo que começara no Reino Unido com o caramelo salgado. O sorvete de goiaba era aveludado, polpudo, carnudo, algo de outro mundo. Fiz uma promessa de que ia aprender a prepará-lo, se não na minha casa nas colinas de Délhi, então no meu apartamento na ladeira da parte norte de Londres.

Na festa, uma célebre arquiteta suíça me convidou para visitar sua casa. Quando cheguei, na noite seguinte, notei que ela vivia sozinha com dois cachorros ferozes e uma tropa de serviçais. Mostrou-me a casa estilosa que tinha projetado, objetos e tecidos bonitos dispostos de maneira artística em cada cômodo. Três luminárias de chão curvas e brancas me lembraram as gaivotas na praia de Brighton. Na verdade, eu preferia as gaivotas verdadeiras com seus gritos. Enquanto estávamos paradas junto ao chafariz em seu verdejante pátio, perguntei-me se tinha feito a coisa certa ao excluir o chafariz da minha mansão, substituindo-o por um rio. Achei que era uma boa decisão. Era como se aquela água morta fosse uma imitação banal da água viva. Seu borbulhar repetitivo estava me enlouquecendo, era como ouvir a música ruim de outra pessoa. Eu ansiava por desligá-la. Curiosamente, parecia não haver nenhum lugar onde sonhar acordado na casa dela, nenhum canto ou recanto, nenhum espaço que não fosse domesticado. Talvez fosse uma casa para se exibir.

Uma mesa foi posta por sua equipe e jantamos num silêncio desconfortável. Não contei a ela do meu sonho com uma velha mansão e o pé de romã do jardim ou a lareira no formato de ovo de avestruz. Sua cozinheira por acaso também tinha feito sorvete de goiaba. Pedi-lhe a receita, que ela gentilmente recitou para mim e que a arquiteta traduziu de marathi para inglês. Expliquei que ia tentar fazer aquele sorvete quando voltasse para o Reino Unido. Minha anfitriã pareceu surpresa que eu não tivesse uma cozinheira. "Nesse caso," ela disse, "precisa levar umas caixas de goiaba com você. Estamos na estação."

Ela invocou o motorista e acenou em despedida, parada junto ao chafariz morto no pátio, a mão esquerda agarrando a coleira de um dos cachorros ferozes.

Ao tentar confirmar on-line o meu voo de volta de Mumbai para o Reino Unido, descobri que a companhia aérea não aceitava *MUMBAI* como meu aeroporto de partida. Mumbai era aparentemente um lugar desconhecido. A maior cidade da Índia, na dianteira da luta pela independência, não existia. Será que isso significava que o museu dedicado a Gandhi na casa construída com pedra e madeira onde ele ficara por mais de uma década não existia? E quanto às duas rodas de fiar colocadas junto ao colchão dele? Eram uma alucinação? Digitei *MUMBAI* umas quinze vezes, mas a companhia aérea não aceitava.

Afastei-me do laptop e fitei o céu através das janelas duplas que não abriam. Enquanto isso, o ar-condicionado criava um clima ártico no quarto. Devia ter trazido um casaco. Andei ansiosa de um lado para o outro no carpete bege do hotel, então voltei ao laptop. Olhando para a tela, dei-me conta de que na verdade digitara *MOMBAI*. Na África do Sul, onde nasci, *mum*, "mãe" em inglês, é *mom*, e foi assim que eu sempre chamei minha mãe.

Mombai.

Mombye.

Eu não podia aceitar sua morte.

Minha mãe em Mumbai voltou a mim como um rosto no céu. Seu rosto era uma nuvem, e eu disse, "Olá mãe. Onde você está? Para onde você foi?".

Eu não sabia por que estava chorando quando chorava por causa da minha mãe. Ou será que estava chorando *pela* minha mãe? Minha *momcry*. O que eu me lembrava, conforme os anos se passavam após a morte dela, não era da mulher como um todo, mas de suas expressões. Seus olhos e sua boca. A expressão que era unicamente sua poderia ser chamada de *reflexiva*. Ela estava pensando em alguma coisa. Então, outra pergunta: por que eu não conseguia vê-la de corpo inteiro? Quer dizer, vê-la de pé. Ela está sempre sentada nas minhas memórias. E ela passava de fato um bom tempo sentada quando estava velha, porque ela mancava e lia livros no seu Kindle dia e noite. Ainda assim, eu me perguntava se ela sempre aparecia para mim sentada ou como um rosto sem corpo porque eu a diminuíra, tornara-a menor do que era, como se não pudesse contemplá-la de pé e alta, mais alta do que eu.

Eu de fato diminuíra minha mãe. Não queria seus problemas. Não queria seu sofrimento. Não queria ser como ela. Ela não me ofereceu qualquer visão de otimismo para a meia-idade ou a velhice. No entanto, eu a amava desmesuradamente. Quando olho para trás e vejo isso, entendo que não era realmente sua função oferecer um otimismo que ela não sentia ou possuía. Acho que eu a critiquei por isso porque precisava de encorajamento, talvez mesmo de algumas mentiras reconfortantes, *Vai ficar tudo bem, você vai ficar bem*. Não acho que minha mãe pudesse dizer algo que não sentisse de fato. Na verdade, ela não era um personagem feminino ausente, afinal de contas era totalmente única em seu pessimismo existencial; só não era o personagem feminino maternal que eu queria que fosse. O que realmente significa *maternal*? Se implica reconfortar, proteger, ensinar, alimentar, encorajar, mentir, ser âncora na tempestade da vida, sempre estar *presente*, é um bocado exigente para com qualquer personagem ter que preencher essa lista de qualidades. Muitas mulheres que conheci e que não tinham tido filhos eram muito mais talentosas em todos esses requisitos impossíveis.

Minha última noite em Mumbai foi passada pranteando a minha Mombai. Quando telefonei para Vayu a fim de lhe agradecer e dizer como eu havia mudado o nome da cidade indiana, ela disse, "Não é a primeira vez que foi mudado. E também não há motivo pelo qual Bombaim também não possa ser Mombai. Aliás, alegre-se, sei que algo muito afortunado vai acontecer com você nos próximos três dias".

6

LONDRES

De volta ao norte de Londres, sofri o *jet lag* habitual e acordei às quatro da manhã sentindo falta do *dhal* aguado que tomava todo dia em Mumbai no café da manhã. Improvisei uma espécie de sopa bem-temperada na minha cozinha de Londres: uma lata de grão-de-bico, alho, gengibre, *garam masala* e então moí uma raiz murcha de cúrcuma e acrescentei à panela, em honra da minha conversa com Vayu. Logo minha cozinha de Londres cheirava a cálidos temperos. Tomei uma pequena tigela dessa sopa enquanto olhava para o céu escuro lá fora. Memórias das conversas em Mumbai regressaram. Dois banqueiros urbanos e sofisticados me disseram que tinham "uma jovem ajudando com a casa", dezessete anos de idade, cuja mãe casara sua irmã mais velha para pegar um empréstimo com um agiota. Esse marido era violento e a irmã precisava fugir. Então os banqueiros pagaram o empréstimo para a mãe, e isso significava que sua segunda filha, irmã da noiva, tinha que trabalhar para eles sem receber pagamento pelo tempo que levasse para reembolsá-los pelo empréstimo. Limpar pisos e privadas para libertar sua irmã dos socos do marido era um outro nível de sororidade.

Contei isso à minha filha quando ela acordou. Ela achava que certamente faria isso por sua própria irmã, se as coisas chegassem a esse ponto. Quando sua irmã estivesse a salvo ela fugiria, mas seria possível tomar mingau no café da manhã em vez da sopa de grão-de-bico temperada? Então ela foi ao banheiro e eu a ouvir gritar, "Onde estão as nossas escovas de cabelo?". Embora ainda estivesse cedo demais para gritar, notei que ela dissera *nossas escovas de cabelo*. Parecia-me que eu possuía a minha própria escova, que era *minha*, e ela possuía a sua própria escova, que era *dela*, mas nesse momento estava perdida. Ainda assim, talvez por causa do *jet lag* e talvez por causa do incidente de Mombai, e talvez porque ela fosse embora para a universidade no fim do outono, fiquei muito tocada por aquele *nossas* escovas de cabelo e lhe dei a minha como se fosse sua.

Ela havia ficado com o pai enquanto eu estava na Índia, e era complicado dar conta de todas as suas coisas entre duas casas.

Enquanto ela ocupava o banheiro por uma hora, preparei-lhe uma panela de mingau. Quando seus cachos estavam bem-arrumados e ajeitados e ela estava sentada à mesa, meteu o dedo na sopa de grão-de-bico e considerou-a suave e cálida naquele dia de inverno. Sim, pensando bem ela agora estava preferindo um começo mais bem-temperado para o dia e recusou o mingau.

Enquanto ela delicadamente colocava a colher de sopa dentro dos lábios brilhantes, as pernas dobradas debaixo do corpo na cadeira, achou que era uma pena que eu não tivesse feito *parathas* ou *rotis* para acompanhar aquela espécie de *dhal*, o que ela achava que seria bastante nutritivo para sua aula de revisão para o exame. Eram oito da manhã. Então ela me perguntou onde eu colocara as nossas chaves da porta e derrubou o copo de suco de laranja, inundando um livro importante que eu estava esperando para ler. Disse-lhe que se em algum momento ela estivesse na posição de ter que fazer trabalho doméstico para libertar sua irmã de uma situação ruim, seria despedida imediatamente. Pegando a bolsa da escola, ela apontou para a bananeira, como se fosse de algum modo parte da conversa porque era a minha terceira filha, ou talvez aquilo significasse algo como *fale com a planta*, bateu a porta da frente e saiu pelos cinzentos e lúgubres Corredores do Amor.

Depois que ela saiu, vi as *suas* chaves caídas debaixo da mesa. Isso me lembrou da chave deixada na árvore no Central Park. Será que minha filha pensava que poderia caminhar através das paredes para entrar no *nosso* apartamento, ou estava se preparando para deixar o *meu* apartamento e esse era um gesto no sentido de finalmente sair de casa? Deixei as chaves debaixo da mesa, coloquei o livro no aquecedor para secar e reguei a bananeira, que tinha uma sede insaciável. Talvez um dia ela se tornasse tão rara quanto um tigre. O que aconteceu em seguida naquela manhã de *jet lag* foi que o correio chegou. Em meio às contas, havia um envelope dos Estados Unidos.

Quando eu o abri (dedos manchados de cúrcuma), descobri que tinha recebido uma bolsa de residência da Universidade Columbia para ficar instalada em Montparnasse, Paris. Eu seria um dos convidados inaugurais do novo Instituto de Ideias e Imaginação. Começaria exatamente quando a minha filha fosse embora para a universidade, no outono, e requeria que eu vivesse em Paris por nove meses.

O que seria da bananeira?

Olhei outra vez para a carta e então para os meus dedos manchados de cúrcuma.

"Bom dia, Oráculo Vayu," disse a ela mentalmente, "algo muito afortunado acaba de me acontecer."

Ainda com *jet lag*, minha mala da Índia ainda intocada e sem uma escova de cabelo porque minha filha colocara a minha na sua bolsa da escola, subi na bicicleta elétrica e pedalei até meu velho depósito para contar a Celia, a proprietária, a novidade. Ao mesmo tempo, eu me perguntava o que faria com meu novo depósito. Agora alugara dois depósitos, mas parecia que em breve seria um espectro em ambos.

Celia era o meu anjo da guarda, mas suas asas já não podiam mais levantá-la do chão. Ela tivera um derrame na altura dos oitenta e poucos anos e agora não conseguia mais caminhar. Seu humor estava muito para baixo enquanto ela se ajustava às novas limitações da vida, mas seus olhos azuis eram penetrantes. Sua cachorrinha, Myvy, acabava de ter o segundo olho removido pelo veterinário. Celia tinha visão perfeita, mas estava tristonha. Myvy estava cega, mas animada.

Para mudar o estado de espírito, decidimos que de vez em quando Celia leria em voz alta para mim algumas páginas da novela de Leonora Carrington, *The Hearing Trumpet* [A corneta acústica]. Ouvir uma mulher da mesma idade da protagonista, com muitos dos mesmos problemas, foi uma experiência profundamente comovente. Carrington dera às suas protagonistas mais velhas a dignidade da imaginação, do amor e algumas ideias interessantes sobre bens imobiliários.

As casas na verdade são corpos. Nós nos conectamos com paredes, tetos e objetos assim como nos atemos aos nossos fígados, esqueletos, carne e corrente sanguínea. Não sou nenhuma beldade, não tenho necessidade de um espelho para me assegurar desse fato absoluto. Ainda assim, agarro-me com unhas e dentes a essa moldura esfarrapada como se fosse o corpo límpido da própria Vênus.

A pior coisa que a idade avançada havia infligido aos dois personagens femininos idosos de Carrington foi a dolorosa renúncia à própria independência. Não podiam tolerar os sussurros dos que agora tinham o controle das suas vidas. Assim, na visão de Carrington, uma corneta acústica (*hearing trumpet*), em que as palavras sussurradas do adversário podiam ser ouvidas com clareza, ia em certa medida retomar esse controle.

[...] pense no excitante poder de escutar o que os outros dizem quando eles acham que você não consegue ouvir.

A história é uma viagem bárbara, surreal, feliz. Marian Leatherby (92 anos) ganha uma corneta acústica de sua amiga Carmella. Marian, por sua vez, deu para Carmella um ovo, mas infelizmente deixou-o cair e pode ver que a coisa já não tem conserto. Carmella gosta de fumar um charuto preto. "As pessoas com menos de setenta anos e mais de sete não são nada confiáveis se não forem gatos. A gente tem que tomar muito cuidado [...]"

Enquanto isso, na casa de um andar só de Celia (a casa era sua terrível nova realidade), os dois gatos reais, Moony e Jan – "Ela é a molenga", Celia explicou, querendo dizer com isso que Jan tinha o pelo mais macio –, dormiam aos seus pés à noite, mas Moony gostava de mudar de lugar de manhãzinha e dormir em seu peito. Isso preocupava o cuidador oficial, que achava que o gato poderia inibir a respiração de Celia.

"Não seja ridículo," Celia gritou, "Jan, Moony e Myvy são a razão para eu não me matar." Nesse sentido, Celia estava cuidando de sua precária felicidade, exatamente como a novela de Carrington sugerira que fizesse.

> Não há ninguém que possa te fazer feliz, você precisa cuidar desse assunto por conta própria.

Celia Hewitt e seu falecido marido, o poeta Adrian Mitchell, tinham me conhecido quando eu estava começando a carreira de escritora, publicando poemas e contos em vários jornais e revistas. De vez em quando, ele me convidava para fazer a abertura de algumas de suas fenomenais leituras de poesia. Agora, tantos anos depois, Celia perguntava a minha idade todos os dias, como se não pudesse acreditar na resposta. Eu lhe disse outra vez que tinha 59 anos, à beira dos sessenta. Perguntei-me em voz alta se aceitaria caminhar por essa parte da praia. Celia disse que eu não tinha escolha, então não era uma questão de aceitação. Ela decidira ostentar um novo par de óculos para melhorar seu ânimo. A armação era feita de casco de tartaruga falso, da espessura do seu polegar. Ela me disse que olhara através da armação enquanto a experimentava e pensou, *Sim, suponho que seja isso o que a tartaruga faz. Ela rasteja para fora do seu casco, espia o mundo, grita, "De pé, famélicos da terra", e rasteja para dentro outra vez.*

O que mais preocupava Celia era que Myvy, sendo cega, não conseguia subir em sua cama para se juntar aos gatos à noite. Ela fez umas pesquisas no iPad e comprou um pequeno escorregador de madeira que podia ser preso à estrutura da cama. Isso significava que a irascível cachorra de caça podia subir na cama e dormir com ela em meio aos gatos sonhadores e macios. A imagem dessa cama king size, o escorregador preso ali, três animais e uma mulher idosa e feroz não tinha valor social algum, mas era de um valor tremendo para mim. Talvez eu viesse a propor Celia como protagonista aos executivos do filme da próxima vez que nos encontrássemos.

Será que ela era gostável?

Celia era uma das poucas mulheres que eu conhecia que era muito fiel a si mesma. Era mais fiel a si mesma do que eu a mim. Não tentava agradar ninguém e certamente não se ajustava à ideia patriarcal do que uma mulher velha deve ser: paciente, abnegada, cuidando das necessidades de todo mundo, fingindo estar alegre quando se sentia suicida. Se as velhas não devem querer dar trabalho algum, Celia tinha decidido dar tanto trabalho quanto possível.

O problema era como levar uma vida criativa na velhice.

O filho de um amigo de Celia estava vivendo no sótão de sua ampla casa. Em troca da acomodação grátis, ele compartilhava um pouco do trabalho do cuidador oficial. Às vezes era demais para ele, então, com a permissão de

Celia, convidou seu melhor amigo de Manchester para ajudar. Esses dois jovens, ambos estudantes com vinte e poucos anos de idade, mantinham a casa alegre, aguentavam o humor volátil de Celia, preparavam refeições criativas, punham para tocar músicas de que todo mundo gostava e, como quem quer que tenha estado incumbido de cuidar de alguém sabe, tinham responsabilidades tremendas enquanto estudavam para tirar seus diplomas universitários.

Às vezes, quando eu chegava para ouvir Celia lendo *The Hearing Trumpet*, um dos garotos estava marinando uma perna de carneiro em alguma coisa esquisita, feito uvas e vinagre balsâmico, ao que Celia, citando uma passagem de *The Hearing Trumpet*, observava: "Nunca como carne porque acho errado privar os animais da sua vida quando eles são, de todo modo, tão difíceis de mastigar".

Parecia-me mais uma vez que em cada fase da vida não temos que nos conformar com a maneira como a vida foi escrita para nós, especialmente por aqueles que são menos criativos do que somos.

Disso também trata *The Hearing Trumpet*.

Quando Celia me disse que tinha alucinações estranhas sobre estar em algum lugar que não fosse sua cama, perguntei-lhe se as alucinações a levavam a um lugar onde gostava de estar. "Ah, sim," ela disse, "às vezes estou na casa de Yorkshire com Adrian – era a minha casa favorita. Tinha uma lareira e um rio e uma mata no final do jardim." Sugeri que ela não precisava ficar com medo dessas alucinações se sua mente a estava levando para um lugar melhor. Ela podia concordar em se permitir desfrutar da casa de Yorkshire, e, como sempre voltava à realidade, ou seja, aos gritos com o cuidador oficial pelo pesar de estar presa num corpo que já não podia mais andar, não havia nada com que se preocupar, exceto o seu tom com o cuidador oficial.

"Cale a boca", ela disse.

"Não até te contar as novidades."

"Vá em frente, então."

Quando lhe contei da bolsa de Paris, ela fingiu não ouvir, então saí pelo jardim até o velho depósito onde antes escrevia, debaixo da macieira.

> Totó, estamos em casa. Em casa!
>
> *O mágico de Oz* (1939)

Eu escrevera três livros naquele depósito empoeirado. Sua tranquilidade dera abrigo à minha escrita num momento em que meu longo casamento tinha naufragado e eu estava lutando para que as coisas não se desintegrassem. Podia ver que tinha ficado relutante em me separar dele quando a casa foi posta à venda. Meu computador ainda estava ali, sobre a mesa de Adrian, agora coberto com um lençol branco. De algum modo eu acreditara que estaria a salvo ali, o trabalho de toda a minha vida dentro da caixinha preta que era um *drive* externo chamado Time Machine, ainda plugado na traseira daquele computador gigante. Quando minha vida profissional se tornou uma vida de viagens para promover meus livros, tive que me acostumar à telinha do laptop portátil. A tela grande pertencia a outro tipo de vida, uma vida menor, presa à casa. No depósito também estavam muitos arquivos cheios de vários rascunhos dos meus romances, bem como rascunhos das primeiras peças escritas numa máquina Lettera 32 turquesa. Eu adorava aquela máquina de escrever, e também o seu estojo portátil combinando, e me perguntava o que teria acontecido com ela. A ação de martelar suas teclas pelo tempo de escrever um romance às vezes criava um pequeno calo na ponta do meu dedo médio. Nesse sentido, ela era mesmo uma ferramenta, feito uma foice ou um serrote; requeria esforço físico para ser utilizada. De modo algum podia me levar aos mundos digitais da internet, mas eu gostava de trocar as fitas e ouvir o som dos tipos batendo no papel.

Num dos muitos arquivos empoeirados cheio de pôsteres para várias apresentações de teatro e performances de poesia, descobri que lera alguns dos meus poemas com o antipsiquiatra R. D. Laing no teatro Old Vic quando tinha dezoito anos. Tinha uma vaga memória do homem, mas havia admirado seu livro best-seller, *O eu dividido: estudo existencial da sanidade e da loucura*, escrito quando ele tinha apenas 28 anos de idade. Mesmo naquele momento, quando eu era jovem, hedonista e esperançosa, sabia de algum modo não específico que as ideias que ele explorava sobre a consciência, a divisão, o sofrimento e a linguagem humana eram a lente através da qual o mundo mais fazia sentido para mim.

> Há um bocado de dor na vida, e talvez a única dor que possa ser evitada seja a dor que vem de tentar evitar a dor.
>
> R. D. Laing, *O eu dividido* (1960)

Eu tinha passado a infância na África do Sul preocupada sobretudo em evitar a dor. Era uma das coisas das quais eu não queria saber. Laing estava certo: é um esforço tão grande. É bom saber disso, mas é difícil saber o que fazer com esse conhecimento. Era por isso que eu achava o meu melhor amigo tão relaxante. Ele tinha, basicamente, uma paixão pela ignorância, o que talvez fosse um dom que concedera a si mesmo e que algum dia jogaria na lata do lixo. Disse-lhe "oi" em minha mente e, quando ele gritou de volta, "Você já encontrou um companheiro?", dei-me conta de que sentia saudades dele. De que sentia saudades? De sua inteligência (que ele mantinha em segredo para si mesmo) e companhia fácil. Tínhamos ambos concordado que ninguém é inteiramente burro ou inteiramente sagaz. Quando ele estava em Zurique e eu lhe mandei uma mensagem dizendo que estava de volta ao velho depósito, ele respondeu dizendo que estava na hora de seguir em frente, e por que eu não estava trabalhando no novo depósito?

Eu ainda não lhe falara sobre Paris.

Em meio aos arquivos, encontrei fotos minhas com vinte e poucos anos. Deveria jogá-las no lixo? Minhas filhas sempre se queixavam de não ter fotos da mãe quando jovem. Talvez guardasse algumas para dar a elas. Era tudo um pouco opressivo, e depois de um tempo eu já estava doida para ir embora dali. Quando por fim voltei para a casa, Celia, os cuidadores não oficiais e o cuidador oficial estavam todos comendo pipoca e vendo uma partida de futebol na televisão. Celia parecia bastante envolvida. Não queria ler Leonora Carrington naquele dia. "Aliás," ela disse, "se você vai receber aquela tal bolsa em Paris, eu não tenho uma coleção completa dos seus livros." Prometi que ia trazê-los à sua casa na semana seguinte. Ela franziu as sobrancelhas como se não desse a mínima, então acrescentou, "Não se esqueça de autografá-los".

Acertei as coisas de modo a voltar antes que a casa fosse vendida para esvaziar de verdade o depósito. "Por mim, tudo bem", ela disse. "Diga à sua filha que se ela vai para a universidade no nordeste da Inglaterra, as pessoas são amigáveis por lá. Ela deveria aprender algumas frases em *geordie*. Sua filha sempre foi fenomenal, uma verdadeira *bobby-dazzler*."

7

A chuva caía silenciosa e suave sobre as árvores no estacionamento do prédio malconservado na ladeira. Enquanto eu ajudava minha filha a fazer as malas naquele outono, sabia que a maternidade épica agora entrava numa nova fase. Aparentemente envolvia muitas malas, tanto dela quanto minhas, uma viagem para um lugar novo e também uma viagem para o passado, para uma vida que eu levara antes de ter filhos.

Eu me perguntava se seria possível ser um personagem matriarcal que não mantém ninguém refém de suas necessidades, de seu ego, de suas ansiedades e oscilações de humor. Uma mulher poderosa que está no centro de uma constelação de família e amigos, e ainda assim não esconde sua própria vulnerabilidade nem cria caso com todo mundo a fim de obter atenção e empatia. Não tenho certeza de jamais tê-la encontrado. Eu certamente não sou ela. Como encorajamos, protegemos e alimentamos aqueles que estão sob nosso cuidado e os deixamos serem livres? Talvez o custo secreto do verdadeiro amor seja que ele tem que ser livre para ir embora. E para voltar. Os pais não dão aos filhos sua liberdade. Eles não têm que pedir. Vão obtê-la de todo modo, porque precisam. Não são nossos reféns, embora eu me lembre de sentir que havia algum tipo de misterioso resgate que era obrigada a oferecer à minha mãe em troca da minha liberdade. Seus filhos, se ela os ama, estão dentro dela, onde começaram a vida. É um mistério para mim o próprio fato de escrever esta frase, o que dirá sentir que é verdadeira.

Ainda assim, nos meus devaneios com o castelo de areia, meu ninho não estava vazio.

Na verdade, as paredes tinham se expandido. Minha propriedade se tornara maior, havia muitos quartos, uma brisa soprava através de todas as janelas, todas as portas estavam abertas, o portão estava destrancado. Lá fora, no terreno da propriedade irreal, borboletas pousavam em arbustos de la-vanda, meu barco a remo estava cheio de coisas que as pes-soas tinham deixado para trás: uma sandália, um chapéu, um livro, uma rede de pesca. Eu recentemente acrescentara venezianas verde-claras às janelas da casa. Meu melhor ami-go sugeriu que eu adicionasse um tanque séptico, mas dizer adeus à minha filha caçula era real o suficiente, por ora.

Descobri que aos 59 anos eu tinha uma relação diferente com minhas filhas, que eram agora jovens mulheres de 18 e 24 anos. Talvez pudéssemos ver que não éramos assim tão parecidas uma com a outra, éramos diferentes, não tínhamos que ser as mesmas. Isso nos tornava menos críticas, conse-guíamos encontrar prazer e inspiração na companhia uma da outra e, obviamente, enfurecíamos uma à outra também.

Aprendi um bocado com minhas filhas e seus amigos. A maternidade nos primeiros anos fora uma longa lição de paciência e submissão às suas necessidades. Como poderia ter sido diferente? Em anos posteriores, por algum motivo eu me tornara muito boa cozinheira. Não sei como aconteceu, mas, quando me separei do meu marido e me vi cozinhando para minhas filhas e suas amigas, era um prazer ouvir seus "oohs" e "aahs" conforme vários pratos eram levados à mesa, apesar das suas juras (secretas e explicitadas), em vários momentos de sua adolescência, de passar fome até se transformar em espectros. Cozinhar para essas jovens não era a principal ocupação da minha vida, elas sabiam disso. Algumas tinham começado a ler meus livros e, quando chegaram à universidade, acabaram até mesmo escrevendo ensaios sobre esses livros. No entanto, nunca fui tão feliz como quando estava cozinhando para uma multidão de mulheres jovens. Era uma honra inesperada, e eu sentia um contentamento muito primal com seu prazer. Elas até brincavam que eu deveria abrir um restaurante chamado Garotas & Mulheres e me prometiam que iam ajudar nos feriados.

"Então, o que vocês teriam no cardápio como entrada?", perguntei-lhes. Elas achavam que o prato perfeito para o Café Garotas & Mulheres seria Vodca & Cigarros.

Como de hábito, com a culinária eu entrava num papel que não compreendia totalmente. Havia sido a mesma coisa com a maternidade nos primeiros anos. Talvez fosse mesmo um prazer político alimentar jovens mulheres que tinham tantas dificuldades. Acima de tudo, eu gostava do seu apetite – sim, pelo prato preparado, mas pela vida em si. Queria que encontrassem forças para tudo o que tinham a fazer no mundo e para tudo o que o mundo atiraria sobre elas. Como minha majestosa amiga Agnes sugerira, eu estava furiosa com a dor que os homens infligem às mulheres e às garotas. Quer dizer, eu sempre tinha estado furiosa, mas a vida seguira em frente, não podíamos ser derrotadas por isso. Ser escritora e *chef* residente era um papel não escrito para mim que eu nunca esperei desempenhar. Meu respeito pelas valiosas mentes daquelas jovens era imenso. Às vezes suas mentes eram frágeis tanto quanto eram poderosas, e por mim tudo bem.

O espaço doméstico, se não é socialmente imposto às mulheres, se não é um martírio imposto a nós pelo patriarcado, pode ser um espaço poderoso. Fazê-lo funcionar para mulheres e crianças é o desafio. Na verdade, é espaço *doméstico* ou é só um espaço onde viver? E, se é um espaço onde viver, então nenhuma vida tem mais valor que outra, ninguém pode ocupar a maior parte daquele espaço ou espalhar seu estado de espírito em cada cômodo ou intimidar todos os outros. Parece-me que esse espaço doméstico recebe uma atribuição de gênero, e que um espaço onde viver é mais fluido. Nunca mais eu quis me sentar a uma mesa com casais heterossexuais e sentir que as mulheres estavam pegando emprestado o espaço. Quando isso acontece, transforma seus parceiros em proprietários, e as mulheres são suas inquilinas.

Minha filha e eu partiríamos de Londres ao mesmo tempo. Ela ergueria suas malas gigantes para colocá-las no trem, com ajuda do pai e da irmã, e viajaria com elas para uma nova cidade no nordeste da Inglaterra. Eu tomaria o

Eurostar para Paris com um pequeno dicionário de frases em francês. Estranho, na verdade, descobrir que eu era tão ignorante na língua em que todos os livros que mais me influenciaram haviam sido escritos. Era vergonhosamente fácil esquecer que eu os lera em tradução, exceto pelos nomes das ruas, rue La Fayette, rue du Faubourg Poissonnière, em cuja esquina (ainda me lembrava das leituras da adolescência) ficava o bar onde a amante ficcional de André Breton, Nadja, se encontrava com ele, vestida de vermelho e preto.

Como eu não podia alugar meu apartamento porque minhas filhas precisariam voltar a ele de tempos em tempos, perguntei a Gabriella, uma aluna que precisava de um pouco de dinheiro extra, como ela se sentia a respeito de pegar a correspondência e molhar as plantas. Sobretudo minha bananeira. Acertamos um preço e eu entreguei as chaves.

Minha filha caçula e eu estávamos nervosas e animadas com o começo de nossas novas vidas. Como Bachelard destaca, um ninho é uma estrutura frágil que, ainda assim, supostamente, significa estabilidade. Estávamos indo embora a fim de construir novos ninhos, e minha filha incluiu na bagagem uma torradeira, uma chaleira, uma frigideira e três travesseiros novos para criar seu primeiro ninho fora de casa. Preparei um banquete na noite anterior à nossa partida rumo a nossas novas vidas. Havia muitos amigos à mesa, incluindo Gabriella, e muitas garrafas de vinho mais. Nenhuma de nós duas dormiu bem naquela noite. Eu podia ouvir minha filha sussurrando com os amigos por Skype às três da manhã e eu estava aprendendo francês com as canções de Juliette Gréco.

Je suis comme je suis
Parlez-moi d'amour

A última coisa que deslizei para dentro da mão da minha filha foi uma escova de cabelo nova em folha. Ela sorriu e apontou-a para a bananeira.

"Espero que Gabriella não se esqueça de regar a sua terceira filha."

8

PARIS

*Afinal, todo mundo, isto é, todo mundo que escreve, está
interessado em viver dentro de si mesmo para poder contar
o que está dentro de si mesmo. É por isso que os escritores
precisam ter dois países, um ao qual pertencem e
um onde realmente vivem.*

Gertrude Stein, *Paris França* (1940)

Um homem estava vendendo rosas perto da estação
Abbesses do metrô por cinco euros. Parecia faminto, sem
sorte, então comprei um buquê. Quando levei as rosas para
o meu novo apartamento em Montmartre, descobri que tinham tamanhos variados; algumas eram tão curtas que não
cabiam nem mesmo dentro de uma xícara. Ele devia tê-las
colhido apressadamente, talvez no parque. Embrulhara-
as num mapa do metrô, a linha amarela, C1 Pontoise, no
canto esquerdo superior. Algumas das pétalas tinham se
soltado e grudado no mapa. Parecia um poema. Talvez de
As flores do mal, de Baudelaire. Atravessei as pétalas com
um alfinete para que ficassem presas ao mapa (estações
Rennes & Notre-Dame-des-Champs) e então prendi na
parede com massa adesiva Blu Tack. Aquelas estações de

metrô não eram longe do Jardim do Luxemburgo, onde há um jardim de rosas.

> Quando você segura uma flor e realmente a olha, ela é o seu mundo naquele momento. Eu quero dar esse mundo a outra pessoa.

O vendedor de rosas me dera um pouco do seu mundo. Eram rosas estranhas. Aquelas flores não congelavam sob o escrutínio do meu olhar, estavam respirando, bastante vivas, caóticas, deslocadas. Eram rosas viajando, feito pessoas que não têm casa, pelo metrô, a noite inteira, Nation, Pont Marie, Bastille, Mirabeau. Ao mesmo tempo, flores se abriam e se fechavam, estremeciam, desempenhavam seu papel e cresciam nos muros de pedra do meu castelo de areia. E nas prateleiras do meu novo apartamento estava minha coleção dos romances de Jean Genet, o escritor que Jean-Paul Sartre descrevera como um poeta assaltante: *Nossa senhora das flores*; *O milagre da rosa*; *Diário de um ladrão*, nos quais os homens mais duros na prisão eram vistos por Genet como sendo tão frágeis e sensuais feito as flores:

> Há uma relação próxima entre flores e condenados.

Meu novo apartamento ficava a cinco minutos de caminhada da Sacré-Cœur. Num certo sentido, era uma versão do meu apartamento em Londres, porque estava localizado numa ladeira, num edifício que outrora fora grandioso, mas carecia de reformas. Não havia os lúgubres Corredores do Amor porque os corredores eram adoráveis, uma escada circular de madeira traçando seu caminho curvo até o terceiro andar. Os sinos da Sacré-Cœur estavam soando enquanto eu desfazia as malas. Um abeto plantado no terreno projetava uma sombra sobre o cômodo da frente. Ele estava consumindo a luz. Eu não tinha certeza de que aquela árvore perene fosse uma boa ideia. Consumiria a luz sempre. Talvez em dias ensolarados eu pudesse escrever sob os seus galhos, na sombra, o que significava que teria que comprar uma mesa portátil que pudesse se fechar (feito uma flor) e que eu pudesse carregar pela escada circular abaixo. Tinha sido difícil levar minhas malas gigantes pela mesma escada acima, mas o *concierge* me ajudara. Ele não era caloroso nem frio, "tépido" acho que seria seu estado de ânimo, e por mim tudo bem. Disse-me que se eu quisesse usar as máquinas de lavar comunitárias, ele me daria uma ficha por três euros, e eu precisaria pegar o código para entrar no *bunker* de concreto no jardim, onde moravam as duas máquinas de lavar. Então, explicou, se eu quisesse lavar minhas roupas, precisava levá-las pelo jardim até a lavanderia, e havia um secador de plástico especial no apartamento. Eu também precisaria de um código para entrar no portão principal do apartamento. Rapidamente criei uma rima que combinasse com o código de modo a nunca ficar trancada do lado de fora tarde da noite. Era uma rima bastante obscena, e fiquei com pena de não poder compartilhá-la de imediato com minhas filhas. Depois, quando a recitei a elas, nunca se esqueceram dela quando foram me visitar.

O *concierge* repassou o inventário de coisas no apartamento pelas quais eu pagara um depósito: duas xícaras, duas facas, dois garfos, uma panela e uma tábua de pão.

Havia uma escrivaninha e uma cadeira, duas camas de solteiro no quarto, que era menor do que o amplo banheiro ao lado. Esse banheiro não tinha banheira, só um chuveiro minúsculo e janelões que se abriam para uma vista panorâmica de Paris. O inventário levou muito tempo, considerando que não havia tanta coisa para cobrir. O *concierge* se sentou na única cadeira diante da escrivaninha enquanto eu me sentava no chão de madeira, porque não havia mais nenhum outro lugar onde sentar. Ele fitou as paredes vazias (exceto pelo meu mapa do metrô e pétalas de rosa), a caneta esferográfica equilibrada na mão, como se algo muito importante tivesse sido esquecido – talvez um sofá, ou uma mesa e mais de uma cadeira? Lá embaixo, no apartamento que ficava sob o meu, eu podia ouvir o ruído de uma serra elétrica. Ah, sim, ele tinha esquecido de incluir o secador de plástico para roupas. Por fim terminamos. Quando ele saiu, juntei as duas camas de solteiro, tirei da mala os lençóis, a capa de cobertor e as fronhas de seda cor de cúrcuma e comecei a fazer o meu trono noturno. Olhei ao redor para o apartamento desguarnecido. Então era assim um ninho vazio. Ermo. Ou era simplesmente desobstruído, leve e espaçoso? Mesmo em 1949, quando estava escrevendo *O segundo sexo*, Simone de Beauvoir achava essencial que as mulheres se emancipassem de uma vida presa à casa e aos filhos.

> Os trabalhos domésticos que passaram a caber às mulheres por serem os únicos compatíveis com os cuidados da maternidade as aprisionaram na repetição e na imanência; são repetidos dia após dia de forma idêntica, que se perpetua quase que sem alterações século após século; não produzem nada de novo.

Ainda assim, decidi desobedecer Beauvoir e encontrar uma loja Monoprix para fazer um estoque de pratos e talheres. Eu era supersticiosa acerca de uma casa à qual faltavam os mais básicos implementos para reunir novos amigos em torno da mesa. No meu caminho para a rue des Abbesses, uma sapataria me chamou a atenção. Na vitrine havia o que costumávamos chamar de sapatos de melindrosa, saltos baixos, uma faixa estreita sobre o peito do pé, talvez desenhados para se parecerem com sapatos de sapateado. Eram difíceis de encontrar em Londres, então comprei dois pares, um preto e o outro verde-sálvia. Fui até o café em frente a essa sapataria, pedi um prato de sopa de cebola e uma taça de vinho tinto e me sentei no terraço, observando as pessoas irem e virem. Todos os meus singelos pensamentos sobre guarnecer o apartamento parisiense na loja Monoprix local se dispersaram. O *concierge* havia me falado que ele ficava no sopé da ladeira, em Pigalle, que eu sabia ter sido onde André Breton, líder do movimento surrealista francês, vivera. *Bem, agora você tem novos sapatos de melindrosa, por que não dá um tempo da ideia de criar mais uma casa e entra em outro tipo de personagem?* Afinal, eu nunca havia comprado um par de sapatos verde-sálvia antes. Talvez estivesse incorporando Katherine Mansfield, que eu podia imaginar usando sapatos verdes:

> Você não gostaria de experimentar todo tipo de vida humana? Uma só é tão pequena – mas esta é a satisfação da escrita: podemos personificar tantas pessoas.
>
> *The Collected Letters of Katherine Mansfield*
> [Cartas reunidas de Katherine Mansfield]
> (1984-1996), vol. I

De modo geral, eu me achava mais parecida com Apollinaire do que com Mansfield. Era como se ele fosse uma espécie de irmão, porque eu o adorava e ria dele ao mesmo tempo. Ele também vivera em Montmartre, assim como Picasso, que brincava que Apollinaire era o filho ilegítimo do Papa. Dei mais uma espiada nos sapatos de melindrosa em sua caixa e me senti ligeiramente nauseada. Será que eu poderia entrar num personagem feminino estilo verde-sálvia? Essa cor em particular me lembrava da casa que eu alugara quando tinha 26 anos. Um dos inquilinos vivia da fabricação de canoas, e sempre pintava os remos nesse tom verde-sálvia. Nessa época, eu estava escrevendo uma peça para a Royal Shakespeare Company. O cômodo onde ficava o *boiler* era o único cômodo quente na casa, então foi ali que instalei minha escrivaninha. O fabricante de canoas precisava secar a tinta úmida de seus remos no cômodo quente do *boiler*, mas a posição da minha escrivaninha tornava impossível para ele fazer isso. No fim, inventamos um esquema em que ele colocava os mastros ainda sem pintar sobre os meus tornozelos, enquanto os remos secavam longe dos meus pés. Foi assim que escrevi a minha primeira encomenda importante. Enquanto eu pensava a respeito de pés, lembrei-me de como, aos dezessete anos, comprei meu primeiro par de sapatos *brothel creepers* na Shelleys, também conhecidos como sapatos *teddy boy*. Descer a rua no meu primeiríssimo par fez com que eu me sentisse exibindo uma tatuagem que me marcava para uma vida significativa. Não exatamente como os pontudos sapatos *winkle-pickers*, sua lingueta de pele de leopardo (em formato de V) era cercada por cinco centímetros de uma sola de borracha preta e espessa. Deslizar meu pé para dentro deles era literalmente caminhar no ar. Meus *creepers* eram beleza e verdade, gênio personificado, e não importava que fossem do balacobaco – esse não era o ponto principal. Eram minha passagem para fora dos subúrbios, meu sinal de saída de tudo o que as mulheres deveriam se tornar. Suas extremidades pontudas batucavam ao ritmo da rebeldia; os sapatos que meu pai jamais teria usado, os sapatos que minha mãe jamais teria usado, na verdade sapatos que não muitas garotas usavam, mas as que o faziam eram sempre maravilhosas.

Os sapatos de melindrosa tinham uma energia totalmente diferente. O ponto negativo era que eu os associava a mulheres que queriam ser musas de um artista homem. O ponto positivo era que eles também pareciam os sapatos que as dançarinas usavam nos espetáculos de cabaré e vaudevile. Esses sapatos eram o oposto dos tênis, no sentido de que não eram nem um pouquinho descolados. O problema era que eu os adorava. Sim, deslizaria meus pés para dentro desses sapatos e veria o que aconteceria enquanto seus saltinhos batucassem sobre os paralelepípedos das ruas de Paris. Os mesmos paralelepípedos sob os quais ficava a praia, de acordo com os grafites dos estudantes que protestavam nos anos 1960. *Sous les pavés, la plage!*

A praia era um futuro que não era somente o capitalismo. Um novo mundo existia debaixo do antigo. Agora, quase sessenta anos depois daquele slogan, a praia estava cheia de plástico e lixo, esgoto e óleo. Eu estava lendo a poesia de Paul Éluard em francês para tentar aprender o idioma, e fiquei bastante impressionada com uma citação atribuída a ele, embora ele pudesse tê-la trazido de Rilke: "Um outro mundo existe, mas está dentro deste". Se a ecologia do mundo estava morrendo mas havia outro mundo dentro dele, talvez eu fosse deixar as marcas das minhas mãos nas paredes de uma loja 7-Eleven, do Carrefour e do Intermarché para serem estudadas pelos antropólogos do outro mundo.

Só para confundir as coisas, enquanto caminhava por Paris eu pensava em Berlim Oriental em 1988, onde ambientaria meu romance *O homem que viu tudo*. Será que o comunismo era o último grande sonho para o mundo? Não haveria uma praia nesse livro, mas haveria um lago. Um guarda escondido nas árvores observaria dois homens nadando nus, desajeitados em seu desejo um pelo outro. O que sonhavam para o mundo, esses três homens?

Enquanto isso, eu me dizia: "Você tem um apartamento cheio de coisas em Londres, por que não ter um apartamento cheio de nada em Paris?". Quando cheguei em casa, digitando o código do portão principal (que rimei com algumas palavras indecentes do inglês), fiquei feliz em ferver a água na única panela e beber café em uma das duas xícaras. Apoiei-me no parapeito da janela, contemplando à distância a agulha gótica da Notre-Dame.

Descobri que a serra elétrica que zumbia pertencia a uma mulher, moradora do apartamento abaixo do meu. Era uma escultora de vinte e poucos anos e usava a serra como primeira ferramenta para cortar mármore, acrílico e pedra. Depois usava outros instrumentos para entalhar, furar e arranhar esses materiais. Esses instrumentos faziam som de pancadas, não um zumbido. Vislumbrei-a trabalhando no cômodo da frente do seu apartamento térreo.

Ela instalara uma mesa, havia poeira em sua viseira, bíceps saltavam dos magros braços morenos. Havia reclamações sobre o fato de sua serra elétrica ainda funcionar tarde da noite, mas de modo geral eu não me incomodava. A arte não acontece em horários previsíveis. Se meu laptop fizesse um ruído como a sua máquina às duas da manhã, haveria reclamações também.

Quando vislumbrei a artista insone com a serra elétrica no meu café local, notei que estava lendo *India Song*, de Marguerite Duras. A passagem mais estranha dessa peça é quando uma mulher (Anne-Marie Stretter) diz, "Para mim... faz algum tempo... tem havido uma espécie de dor... associada à música".

Talvez seja assim com a música. Qual o sentido se ela não dói?

A caminho de Montparnasse, que era onde ficava minha residência, eu parava para tomar um café perto da estação Lamarck-Caulaincourt, num café chamado Au Rêve. Seu letreiro azul-néon quebrado, *Au Rêve*, reluzia feito uma estrela cadente o dia inteiro. Com meus novos sapatos de melindrosa, eu caminhava depressa pelos paralelepípedos, passando pela estátua de bronze da cantora Dalida, em torno da qual em geral havia um círculo de turistas. Aparentemente, tocar seus seios trazia sorte, então sempre havia a mão de alguém esticada para afagar seu mamilo. Um dos seios reluzia com brilho extra onde o bronze se gastara, como uma reverenciada relíquia religiosa. Sentada do lado de fora do Au Rêve, eu continuava a ler a poesia de Paul Éluard em francês. Estava lutando com o idioma e revisava minhas traduções de alguns de seus versos, incrédula, não por causa da sua poesia, mas por causa da minha frágil compreensão do idioma... Seria realmente "o coração escuro do meu olhar", seriam as janelas "profundas" com sombras "fluindo"? Era um prazer ter tempo para pensar sobre coisas assim sob o sonho azul-néon quebrado no Au Rêve.

Meus novos colegas eram uma companhia intelectual excitante, desafiadora e alegre. Vinham de toda parte do globo (China, Malásia, Estados Unidos, Calcutá, Nigéria, França), o que significava que minha residência era maior que Paris. Ao mesmo tempo, a Cidade Luz era uma anfitriã sedutora, simultaneamente moderna e tradicional. Eu estava me apaixonando por ela porque era confiante o suficiente para não sorrir o tempo todo. Se me sentia atraída por ela, ela era totalmente indiferente a mim. Um dos meus colegas estava alugando um apartamento no boulevard du Montparnasse, bem atrás do Dôme. Disse que o apartamento ficava acima de uma *boulangerie* que começava a assar pão às três da manhã. Consequentemente, ele acordava de madrugada com cheiro do pão crescendo nos fornos. Deveria ser uma delícia, mas ele dizia que não era tão bom quanto parecia. Todas as manhãs ele era sufocado pelo cheiro de *croissants* e baguetes assando; o cheiro enchia seu nariz, sua boca, sua garganta, e às quatro da manhã ele não estava mais boiando, mas se afogando no açúcar de vários recheios de *pâtisserie*, em particular o creme de maracujá e o creme de limão para *tartes au citron* – que meu colega disse que deveria ser ríspido ao paladar mas não *hostil*. Será que eu sabia que os melhores limões eram de Menton? Era como se dormir num quarto acima de uma *boulangerie* desse a ele informações especiais. Em algum momento, ele conseguia pegar no sono em meio ao açúcar feito uma vespa saciada e compensar o sono perdido. Curiosamente, tudo isso não o fazia perder o apetite por todos os bolos que Paris pudesse lhe oferecer. Esse residente em particular era vinte anos mais jovem do que eu e excelente companhia. De todas as artes, a arte de viver é provavelmente a mais importante, algo em que ele era especialmente talentoso. Achei que poderia me dar algumas dicas enquanto eu me aproximava do meu aniversário de sessenta anos.

Isso estava na minha mente quando fiz a peregrinação para prestar homenagem a Simone de Beauvoir no túmulo do Cemitério do Montparnasse, onde ela estava enterrada com Sartre. Até mesmo na morte eles estariam para sempre entrelaçados. Era um túmulo bastante humilde, feito de ardósia, com múltiplos beijos de batom vermelho impressos em toda a pedra. Nesse sentido, era um túmulo de beijos fantasmagóricos frenéticos, e eu me perguntava se os lábios apaixonados estavam buscando Sartre ou Beauvoir. Achei que os beijos de batom não tinham envelhecido bem, expostos ao tempo, mas talvez fossem o estado de espírito correto para celebrar a relação aberta e a camaradagem dos dois grandes filósofos franceses.

Eu estava lendo *A mulher desiludida,* de Simone de Beauvoir, originalmente publicado pela Gallimard em 1967, o que significava que ela estava com cerca de sessenta anos quando escrevia a primeira história longa dessa antologia, "A idade da discrição". É sobre uma mulher envelhecendo, um longo uivo contra a luz morrediça da juventude.

O marido/parceiro de muitos anos da narradora começa a ter um caso com uma mulher que a narradora sente ser intelectualmente inferior à sua própria e vigorosa mente. O cabelo do marido está prateado. Os dois se tornaram bastante introspectivos quando a história começa. Sexualmente, as coisas estão um pouco estagnadas entre eles, mas ainda se acham intelectualmente excitantes um para o outro. São cordiais e afetuosos um com o outro. "Espero que seu trabalho corra bem", ele lhe diz, mas o trabalho dela não corre bem porque está furiosa com a infidelidade dele. "A idade da discrição" é, na verdade, uma novela de TV, talvez uma novela existencial de TV, mas sem carros velozes ou brigas de rua embriagadas. Ela está tentando com afinco permanecer um sujeito soberano (Sua Majestade, a rainha dele), enquanto ele persegue os próprios desejos e se mete entre as pernas de outra mulher.

Beauvoir está explorando os próprios sentimentos sobre o olhar de Sartre, aquele errante olhar de sapo. E também está explorando o próprio argumento de que o amor é mais desestabilizador para as mulheres do que para os homens. Em sua opinião, isso acontece porque o amor de um homem por uma mulher não é o que faz com que ele se sinta valorizado. Eu já não estava mais interessada em explorar esse tipo de dinâmica nos meus escritos. Não conseguia ver prazer algum ali para a mulher.

O que me veio à mente enquanto eu olhava para Sartre e Beauvoir coabitando sob os beijos de seu túmulo foi Louisa May Alcott, escritora, feminista, abolicionista. Em seu romance mais famoso, *Mulherzinhas*, a jovem escritora Jo se casa com seu idoso professor de alemão, um imigrante, mas Alcott, assim como Beauvoir, não se casou. "A liberdade é um marido melhor que o amor para muitas de nós", ela disse ao seu diário em 1868. Sempre me interessei por diários. Neles parece estar em ação uma escritora feita de sombra. Em busca de seus pensamentos mais verdadeiros, ela se vê estendida como uma sombra sobre a página, mais alta que seu eu físico. Os diários de Susan Sontag também mostram os pensamentos experimentais de uma mulher se preparando para colocar o pé nos estribos e subir em seu cavalo alto. Aos 24, ela escreveu, "No casamento, sofri certa perda de personalidade – no início, a perda era agradável, fácil; agora, dói e agita com nova fúria minha disposição geral para ser descontente".

No ano em que escreveu *Mulherzinhas*, Louisa May Alcott morava sozinha em Boston. "Estou no meu quartinho, passando dias atarefados e felizes, porque tenho silêncio, liberdade, trabalho suficiente e forças para fazê-lo", escreveu no ano-novo de 1868. Quando *Mulherzinhas* foi publicado, ela negociou seus direitos autorais e se manteve proprietária do *copyright*. Beauvoir, a arrebatada intelectual existencialista, também leu *Mulherzinhas* em sua meninice. Assim como o restante de nós, parece que ela também precisava de um pouco de encorajamento.

Ri muito ao pensar que, antes que fosse estudar Filosofia na Sorbonne e andar com Maurice Merleau-Ponty e Claude Lévi-Strauss, Beauvoir também tinha se ligado às quatro irmãs estadunidenses, Meg, Amy, Jo, Beth, e à sua beata e sentimental mas espirituosa tia Marmee, que, importante sublinhar, era a senhora da casa.

Há muitas mulheres modernas engenhosas e imaginativas que são as senhoras de suas casas. Com frequência descritas como "mães solteiras", experimentam o peso integral da hostilidade do patriarcado ante o fato de terem um poder dominante na família. O último estertor dele na tentativa de esmagar a imaginação e as capacidades dela é acusá-la de lhe causar impotência. Afinal, se ela consegue criar outro tipo de lar, consegue criar outro tipo de ordem mundial.

Eu convidaria a todas elas para provar o prato (Vodca & Cigarros) no Garotas & Mulheres, mas só se minhas assistentes pudessem fazer uma pausa nas atividades de se sentarem uma no colo da outra enquanto trançavam seus cabelos e comparavam seus novos piercings. Juntas, inventaríamos um prato mais saudável para Marmee, mas nunca se sabe o que uma mulher realmente quer, porque estão sempre lhe dizendo o que ela quer.

Nessa época, eu também estava lendo *Noites insones*, de Elizabeth Hardwick. Ela era uma escritora magnífica, mas eu estava preocupada com as mulheres que descrevia sendo deixadas para "errar por aí em sua terrível liberdade feito velhos bois deixados para trás, sem ter quem cuidasse deles".

O que estava acontecendo antes que a terrível liberdade se instalasse? E quem são os velhos bois deixados para trás? Seriam as mulheres solteiras ou separadas, viúvas, divorciadas? Não havia nada em minha vida que me convencesse de que a liberdade é terrível. Como Sartre sugeriu (ele, que se via sufocado em beijos no túmulo), também somos livres para experimentar a consequência de nossas liberdades. Era verdade que não havia ninguém para cuidar de mim, mas eu nunca esperara que outra pessoa colocasse as baguetes na mesa. O problema, parecia-me, era que a narradora em

Noites insones precisava de um homem para lhe dar os parabéns, ou mesmo para validar sua existência. Essa era a mesma dinâmica que certamente interessava a Beauvoir e que agora me entediava. Foi um alívio trocar os bois pelos coelhos de Georges Perec. Eu estava folheando (outra vez) umas páginas de *Espèces d'espaces* [Espécies de espaços], admirando a maneira como ele põe para funcionar sua leve depressão. O livro de Perec explora as maneiras cotidianas como o espaço é usado e habitado. Particularmente interessantes para mim eram suas obsessivas listas.

> *Tentativa de inventário das comidas líquidas e sólidas ingurgitadas por mim no curso do ano de mil novecentos e setenta e quatro*
>
> [...] cinco coelhos, dois coelhos *en gibelotte*, um coelho com macarrão, um coelho *à la crème,* três coelhos *à la moutarde*, um coelho *chasseur*, um coelho à *l'estragon*, um coelho *à la tourangelle*, três coelhos com ameixas.

Ele também tinha uma predileção por queijo:

> Setenta e cinco queijos, um queijo de ovelha, dois queijos italianos, um queijo de Auvergne, um Boursin, dois Brillat-Savarins, onze Bries, um Cabécou, quatro queijos de cabra, dois *crottins,* oito Camemberts, quinze Cantals…

"Este inventário", escreve Perec, "oferece ao leitor uma abordagem um tanto quanto oblíqua dos meus hábitos diários, um modo de falar do meu trabalho, da minha história e das minhas preocupações, uma tentativa de se apoderar de algo que diz respeito à minha experiência, não no nível de suas reflexões remotas, mas no ponto exato em que ela emerge."

Recém-chegada em Paris, eu estava ansiosa para experimentar alguns dos queijos que ele comia com tanta avidez. Dalí, aparentemente, tinha sido inspirado pela visão do macio Camembert escorrendo para pintar seus relógios derretendo em *A persistência da memória*. Que tipo de queijo era Brillat-Savarin? Descobri que era nomeado em homenagem a um advogado e político, Jean Anthelme Brillat-Savarin (1755-1826), que também era famoso como gastrônomo e escrevera um livro divertido, *A fisiologia do gosto*.

> Uma sobremesa sem queijo é uma beldade com um olho só.

Pensei que ele talvez fosse o homem certo para mim, mas então descobri que fugira da Revolução Francesa em 1793, acreditava na pena capital e promovia uma dieta que não incluía carboidratos. O queijo macio e úmido nomeado em sua honra era do tipo creme triplo. Tinha uma casca natural branca de mofo e era definitivamente uma beldade com dois olhos. E seios enormes. Talvez com um estilingue no bolso do avental.

A vida tinha mudado para melhor. Imaginação, Brillat-Savarins, ideias, a Biblioteca Nacional, a piscina Joséphine Baker, dinheiro suficiente, a companhia de mentes interessantes, canais sublimes de jazz no rádio, a leitura de livros de Annie Ernaux à beira do Sena, tudo isso era uma grande mudança em relação aos anos em que tentava manter minha família no malconservado apartamento na ladeira.

Meu ninho vazio em Montmartre era mesmo uma versão dos dois depósitos onde eu antes escrevia, exceto pelo fato de que podia cozinhar e dormir ali. Eu trabalhava noite adentro em meu novo romance, enquanto a escultora no andar de baixo trabalhava noite adentro com sua serra elétrica. Quando se tornou mais claro para mim que o personagem masculino principal em *O homem que viu tudo* viveria simultaneamente em diferentes épocas, achei tão tecnicamente difícil diluir o tempo numa obra literária que tinha que escrever em todos os fusos horários.

> Trabalhar é viver sem morrer.
>
> Rilke

Eu estava criando um personagem masculino que tentava, literalmente, encontrar uma maneira de viver sem morrer. Seu tempo estava acabando. Havia espectros, históricos e pessoais, surgindo no que restava da sua vida. Ele próprio se tornaria um espectro três segundos depois da última linha no livro. Havia espectros nas sombras da minha vida também: a infância, a África, o amor, a solidão, o envelhecimento, minha mãe, todos os castelos de areia no meu portfólio de propriedades.

Enquanto isso, eu estava aprendendo a negociar o tráfego nas três pistas do Boulevard du Montparnasse e me desviar das *scooters* elétricas que estavam na moda. As pessoas dirigiam muito depressa nas calçadas e muito devagar nas ruas. Eu passava mais tempo fitando os espetaculares crustáceos em exibição na esquina da rue Lepic com a rue des Abbesses do que fitando a arte nas paredes do Louvre. Um homem simpático que reparara em mim fitando *crevettes royales, coquilles Saint-Jacques,* ostras, *moules,* lingueirão e ouriços-do-mar me disse, em inglês, "Eles vão tirar a roupa para você hoje à noite". Eu gostava da ideia de uma *coquille Saint-Jacques* tirando a roupa para mim. "Vou diminuir as luzes para encorajá-los", respondi. Os peixes estavam dispostos sobre montes de gelo picado (feito esmeraldas exibidas em almofadas de cetim), reluzentes, abundantes, de olhos brilhantes. O devoto *cabillaud* era um bacalhau, outro tipo de bacalhau tinha o apelido de Julienne, e havia os gêmeos perversos, *lieu noir* (escamudo) e *lieu jaune* (badejo). A truta-arco-íris agora fora renomeada para sempre em minha mente como *truite arc-en-ciel.* Na verdade, eu os despia desavergonhadamente. Tinham o cheiro erótico do mar. Era um *ménage à trois,* porque fiz minha primeiríssima *bouillabaisse* para meus colegas. Comeram esse cozido de peixe sentados no chão, pois eu ainda não tinha cadeiras. Convidei a escultora com a serra elétrica para se juntar a nós.

Acontece que ela era alérgica a frutos do mar, mas fez figurinhas humanas de pão, enrolando-o nas mãos e depois beliscando-o e ajustando-o. Quando essas esculturas em miniatura ficavam prontas, ela as comia.

Quando finalmente comprei quatro cadeiras numa loja local, encontrei de novo o homem que previra que os moluscos iam se despir para mim. Ele comprava um moedor de pimenta. "Veja," disse, "devemos saudar as cadeiras que nos reuniram. Todos estão tocando os sinos no portão do *château* para celebrar nosso *rendez-vous* com o destino."

Ele gentilmente se ofereceu para levar duas das cadeiras para casa comigo e saímos pela rua de paralelepípedos, as cadeiras enganchadas nos braços. Depois de um tempo, ele insistiu que parássemos num café para um *pastis*. Eu levava seu moedor de pimenta.

Meu *rendez-vous* com o destino tinha setenta anos de idade. Usava um cachecol vermelho em torno do pescoço e fumava seu cigarro numa piteira. Quando os *pastis* chegaram, ele me contou do médico amigável a quem confessara que não estava mais interessado em sexo. O médico o aconselhou a encontrar alguém que gostasse dele, mas insistiu que primeiro encontrasse uma mulher com quem pudesse fazer sexo a fim de praticar para quando encontrasse "a verdadeira". Ele seguiu o conselho e fez exatamente o que o médico dissera. Ensaiou três vezes com uma prostituta, e então encontrou "a verdadeira". Sua nova parceira, que ele descrevia como sua *flamme*, tinha trinta anos a menos do que ele.

E onde ela estava, agora?

"Está na aula de tango", ele disse. "O tango argentino é o que ela prefere. Mais improvisado que outras formas de tango, e se dança bem colado no parceiro."

Ele me disse que enquanto sua *flamme* apontava o dedo do pé para a coluna vertebral do parceiro de dança dela, ele gostaria de me convidar para provar *babas au rhum*, também conhecidos como "babás ao rum". Aparentemente, esse fragrante pão de ló empapado em rum estava voltando à moda na culinária francesa. Estávamos sentados um diante do outro num terraço, as cadeiras que eu comprara empilhadas diante da entrada de uma loja. Ele se inclinou para a frente de modo que seu nariz quase encostou no meu e começou a sussurrar ter descoberto que o rum quente tinha o efeito do Viagra em seu corpo. Sim, disse, depois de um *baba au rhum,* tudo no mundo poderia voltar a subir, não apenas o seu pênis, que ele chamava de seu jaguar, mas também a liberdade e a igualdade, e pássaros com asas quebradas; até mesmo a amizade estragada entre Sartre e Camus poderia ter se reerguido a uma doce harmonia se eles tivessem compartilhado babás ao rum. Quando declinei dos babás, ele apontou para meus sapatos verde-sálvia de melindrosa.

"Parabéns pelos sapatos", disse, gesticulando com a piteira na direção das pontas dos meus pés. "Você parece o tipo de mulher que poderia ser minha segunda *flamme.*" Levamos as cadeiras ladeira acima para o meu apartamento, e eu insisti que as deixássemos na calçada do lado de fora do portão.

Quando lhe devolvi seu moedor de pimenta, ele o fitou pesarosamente e estremeceu, como se fosse um pênis decepado.

Algumas semanas mais tarde, quando topei com ele e sua *flamme* dançarina de tango no intervalo de um concerto, ela me disse que o jaguar do namorado estava tão ereto depois de tomar suas poções enrijecedoras (Viagra ou *babas au rhum*?) que ele precisava batê-lo na porta da geladeira a fim de acalmá-lo.

Nunca mais usei os sapatos verde-sálvia de melindrosa.

No entanto, comecei a pensar sobre como um jaguar pode ser muitas coisas: um carro, um animal, um falo. Anotei isso para *O homem que viu tudo* e me perguntei se o jaguar também poderia ser uma forma do medo. Que tal explorar a ideia de que todas as vezes que uma personagem chamada Luna estava ansiosa, ou pensava que estava sendo seguida pela Stasi na comunista Berlim Oriental, convencia-se de que havia jaguares perambulando pela cidade? Por que não tentar capturar os modos estranhos através dos quais a mente humana pode ir a qualquer parte? Eu gostava da ideia.

Havia agora quatro cadeiras em torno da minha mesa, seis pratos empilhados na prateleira, seis facas e garfos na gaveta da cozinha, oito taças de vinho e uma saladeira de madeira no armário. Em novembro, minhas filhas vieram me visitar. Era a primeira vez que passávamos três meses sem nos ver. Conversamos tão animadamente no metrô que deixamos nossa estação passar. Era bom encontrar minhas filhas como adultas que tinham coisas a fazer no mundo. Ninguém estava de mau humor. Dei a elas minha cama e dormi num colchão no chão da sala. Elas se ofereceram para ficar com o colchão, mas sabiam que eu gostava de fazer café e escrever cedo de manhã. Sim, estávamos começando a saber como éramos.

Eu comprara três robes norte-africanos com capuz numa loja perto do Boulevard Barbès para usar como camisolas. Dois eram rosa, um era azul. Minha filha mais nova vestiu o azul e começou a cantar uma canção de Taylor Swift enquanto sua irmã a filmava com seu iPhone. Perguntaram-me que presente eu gostaria de ganhar nos meus sessenta anos. Disse a elas que estava com vontade de preparar o sorvete de goiaba que provara em Mumbai, então uma máquina de fazer sorvete seria um artefato tecnológico bastante excitante para mim. Quando finalmente pegasse o jeito da coisa, poderíamos discutir o acréscimo do sorvete de goiaba ao menu do Garotas & Mulheres. Elas perguntaram se eu tinha uma receita. Tirei um pedaço de papel do caderno que estava usando na Índia e li para elas em voz alta. "Sim," eu disse, "vamos descascar goiabas e transformá-las numa polpa e vamos comer esse sorvete especial com flocos de pimenta e sal." Elas ficaram olhando para mim em seus robes com capuz, e minha filha mais velha disse, "Não se esqueça de que sorvete de chocolate também é bem gostoso".

Paris estava ficando mais fria, o inverno chegava. Ventos gelados sopravam do Sena. Quando meu melhor amigo chegou, ficou intrigado ao ver meu ninho vazio. Fazia muito tempo que éramos amigos, e ele sabia que aquela era minha primeira experiência de morar sem minhas filhas desde meus 34 anos de idade. Eu lhe disse que meu apartamento de Londres estava cheio de malas, a maioria delas empilhadas no quartinho simbólico da minha filha mais velha (ela agora morava longe de casa) e como eu nunca deixava de me sentir chateada ao vê-lo se transformar num depósito. Com minha filha mais nova indo e voltando de casa para a universidade, e eu viajando de Paris a Londres, parecia uma loja de malas. "Bem," ele disse, "não sei se você gostaria que fosse de outro modo." Eu disse que ansiava por uma casa e como considerava o malconservado prédio na ladeira um poleiro, mas agora queria criar outro tipo de lar.

"Mas, se você não se importa que eu diga," ele falou, "por que precisa de um lugar maior se é só você morando sozinha a maior parte do tempo no apartamento em Londres?" Era difícil explicar que meu apartamento estava cheio de coisas que eu juntara ao longo dos anos para o castelo de areia no meu portfólio de propriedades. Abajures, tapetes, cortinas, cadeiras, uma panela de cobre para *fondue* que eu comprara num mercado de pulgas em Paris, roupas de cama, espelhos. Havia pelo menos três outros lares dentro do meu lar londrino. Quando lhe perguntei como Nadia, sua esposa, estava passando, ele só disse, "Ah, ela anda muito nadiesca". Parecia que ela ainda estava feliz, mas fingindo estar infeliz. Dessa vez, eu lhe perguntei por que ele achava que ela estava fingindo. Ele começou a me responder, mas estava falando com a mão sobre a boca. Disse-lhe que não conseguia ouvir uma palavra, será que ele poderia dizer de novo o que quer que fosse que estava dizendo? Aparentemente, ela estava fingindo ser infeliz porque não queria admitir que ele a fazia feliz. E por que isso? Ele achava que isso dava a ele poder demais. Nadia queria recuperar um pouco de poder fingindo que ele não era uma das principais razões da sua felicidade. Ali estava, outra vez, o tema de Beauvoir em *A mulher desiludida*. Dessa vez eu tinha que confessar que estava interessada, mas fingi não estar, porque isso dava a ele poder demais.

"É difícil para ela admitir que só consegue dormir quando está entrelaçada comigo", ele disse, mergulhando os dedos na tigela de amendoins velhos sobre minha mesa de trabalho. Começou a engasgar e eu bati com força nas suas costas, três vezes. Quando ele insistiu em dormir na sala, no colchão, eu lhe disse que preferiria lhe dar minha cama. "Você só pode estar brincando", ele disse. "Não vou deixar de jeito nenhum você dormir no chão duro enquanto eu durmo no seu vasto trono de seda."

Na manhã seguinte, ele declarou que tinha dormido feito um elfo dentro de um toco.

Fomos até o Mercado de Aligre, parando para olhar uma barraquinha de máscaras africanas. O vendedor me implorou que comprasse pelo menos duas máscaras, porque disse que estava com frio e precisava voltar para a África. Rimos, mas não perguntei a ele onde na África, tampouco revelei que também tinha nascido na África. O tema de onde nós somos tem, em geral, uma resposta que não pode ser dada em dois segundos. É uma longa conversa, talvez uma conversa interminável. Eu com frequência deixava a parte africana da minha biografia completamente fora da conversa, porque mesmo cinco minutos não seriam suficientes.

A pesquisa da minha residência era sobre o tema do duplo; então, quando vi uma máscara com duas cabeças entalhadas, ou seja, quatro olhos idênticos e dois pares de lábios, comprei-a. Ele me disse que era uma máscara de dança: a ilusão de que os olhos do dançarino estão sempre no público. Então me mostrou uma máscara com quatro olhos e dois pares de lábios e um nariz, com um pássaro entalhado no alto da cabeça. Era uma máscara zoomórfica incrível, e comprei-a também. Poderia emplumar meu ninho vazio com essas máscaras potentes. Sabia que elas incorporavam psicologias e rituais que culturalmente eu ainda não entendia, mas olharíamos umas para as outras por um bom tempo no meu apartamento em Paris.

Eu encontrara uma rota alternativa para pensar no tema do duplo, do *doppelgänger*. Parecia-me que numa época de nacionalismos surgindo por toda parte na Europa, nos quais a diferença é temida e demonizada, talvez fosse interessante investigar o horror da similaridade. Como seria encontrar nosso duplo humano idêntico comprando meio litro de leite numa manhã de domingo? Meu melhor amigo achava que daria um soco no seu eu idêntico, fazendo-o perder os sentidos, caso o encontrasse no Mercado de Aligre.

Fomos até o Baron Rouge, onde comemos ostras acompanhadas de vinho do barril, um vinho bastante rústico. O descascador de ostras tinha uma máquina para abrir as conchas e trabalhava sem cessar para alimentar a multidão do fim de semana. Depois de sorver sua terceira taça de vinho e sua nona ostra, meu melhor amigo gritou, "*Vive la France!*". Fiquei constrangida e fingi que não estava com ele, mas ele disse a todo mundo, num francês perfeito, que nos conhecíamos desde os catorze anos de idade. Mais tarde, andamos pelo mercado e compramos frutas, queijo de cabra coberto de cinzas, todos os cogumelos que estavam na temporada e uma garrafa de Calvados.

Tudo o que fizemos juntos, na verdade, foi comer e beber.

Naquela noite, no meu ninho vazio, fizemos omeletes de cogumelos, seguidos de salada, queijo e frutas. O Calvados era leve, dourado e cálido. Estávamos felizes na companhia um do outro. Ele aparentemente estava perplexo com seu casamento com Nadia. "Ela parece não me respeitar", disse. Perguntei-lhe por que, em sua opinião, ela deveria respeitá-lo. Ele pensou no assunto durante um tempo, mas parecia ser incapaz de encontrar as palavras. Isso me lembrou da mãe de uma das amigas da minha filha, quando nossas filhas estavam com seis anos de idade. A mãe em questão me disse que minha filha parecia não ter o menor respeito pelo marido dela. O marido, por acaso, era um homem muito controlador, sempre espionando a esposa, e que não conseguia separar-se do prazer que sentia ao atormentar a própria família. Eu estava pessoalmente curiosa para saber por que ela o respeitava e, em certo sentido, acho que essa era a pergunta que ela estava fazendo a si mesma também. Meu melhor amigo agora acenava com os dedos na minha direção. Estavam sujos com as cinzas da casca do queijo que tínhamos comprado no mercado. "E quanto a você? Já encontrou um companheiro? Ou quer ficar sozinha, como de costume?"

"Bem," respondi, "não faz sentido me dizer que ficar sozinha não combina comigo. É onde eu estou." Comecei a contar a ele sobre a mulher que vivia no segundo andar. Tinha oitenta anos de idade e seu companheiro, ou parceiro, morava no andar de cima. Às vezes ele passava a noite com ela e eu podia vê-lo pela manhã, saindo para comprar *croissants*.

"Então por que você não arranja um esquema como esse?"

"Está bem, vou tratar disso", respondi, meio que para terminar a conversa.

"É normal ter um companheiro", ele insistiu. "É o que as pessoas normais querem."

Ambos olhamos pela janela para a lua cheia lá fora, brilhando no abeto diante da minha janela. Apesar de estar frio, decidimos levar duas cadeiras lá para baixo, para junto da árvore, segurando nossas taças de Calvados. Sentamo-nos sob a luz da lua debaixo dos galhos, com nossos casacos, ouvindo os ruídos de animaizinhos invisíveis. Era o tipo de coisa que gostávamos de fazer, e ocorreu-me que ele era muito mais esperto do que eu quando se tratava de obter as coisas que queria da vida.

No dia seguinte, enquanto estávamos na fila na rue des Rosiers para comprar os melhores falafels do Marais, ele disse, "Peço desculpas por ter dito aquilo sobre as pessoas normais ontem à noite". Agarrou minha mão e a beijou ao estilo gigolô, mas estava lendo *Guerra e paz*, de Tolstói, então talvez estivesse imitando um aristocrata russo do século XIX.

"Suas asneiras te abriram muitas portas", respondi ao meu melhor amigo.

Uma conhecida mútua acenava para nós. Acenamos de volta e Helena se juntou a nós na fila. "Oi, Helena", ele disse, beijando-a nas duas bochechas. "Estávamos falando sobre que tipo de vida é uma vida normal. Não estamos buscando clareza, gostamos é do molho de tahine." O imbecil do meu melhor amigo tinha obviamente se metamorfoseado em Derrida naquele dia. Usava óculos escuros na chuva e levava um guarda-chuva com o nome de um hotel escrito.

"E que tipo de vida é uma vida normal?", Helena perguntou, um pouco pesarosamente. Usava um vestido azul curto e apertado e tênis.

"Posso lhe dizer", ele disse, apontando para mim. "Ela quer uma vida selvagem no mar. Quer viver de roupa de banho sob o sol, sempre descalça e preparando badejo na churrasqueira. Correto?"

Fiz que sim vagamente.

"Parece, Helena," ele disse, "que o que ela mais quer é comprar uma propriedade dando para o mar e ficar totalmente sozinha nessa propriedade. Há muitos quartos em seu casarão, mas estão todos vazios. As camas estão todas arrumadas, mas ninguém dorme ali. Ela tem um barco a remo amarrado ao cais do seu rio e um pé de romã no jardim e bicicletas no celeiro. Nada sozinha, pedala sozinha, cozinha, escreve e dorme sozinha. É assim que ela quer viver."

"É claro que ela não quer viver assim", Helena interrompeu, como se eu não estivesse ali.

"Quer sim", ele disse, passando o braço em torno do meu ombro. "Quando ela tiver noventa anos, não há nada que vá gostar mais de fazer do que caminhar por sua propriedade cutucando cobras com sua bengala."

Helena apertou seus olhos castanhos amendoados até transformá-los em pequenas fendas. "Então posso perguntar, se me permitem, sabem como é, por que vocês dois nunca deram certo?"

Avançamos na fila. Para meu alívio, podia ver que só havia cinco pessoas na nossa frente. Eu usava meus novos sapatos pretos de melindrosa, mas não tinha ideia de como ser um personagem feminino de quase sessenta anos de idade.

"Bem, é uma boa pergunta", meu melhor amigo disse. "Ela fica acordada a noite inteira escrevendo seus livros e sempre se recusou a fazer sexo comigo."

Helena cutucou meu braço. "O gato comeu sua língua?"

Um artista de rua começou a cantar uma canção folclórica romena para as pessoas que esperavam na fila. Era uma canção bastante triste, e lamentei parar de escutá-la para me juntar àquela conversa.

"Bem, ele está absolutamente correto em tudo o que diz", respondi.

Quando finalmente chegou nossa vez, compramos três *pittas* de falafel recheados com salada e molho de tahine, sentamos no banco em frente a uma igreja e os comemos ali. A conversa se voltou para Helena. "Não gosto nem um pouco de estar sozinha", ela disse. "Ter uma vida sem intimidade física é ter meia vida."

Eu achava que isso era verdade, mas, se fosse o caso, a ideia era viver meia vida muito bem vivida.

"Preciso de um amante para me aquecer neste inverno, ponto final", ela gritou para os pombos.

"Essa é a atitude correta", meu melhor amigo respondeu, obviamente excitado pela informação de que Helena precisava de um amante, ponto final. Seus olhos azuis roçaram os seios azuis de Helena, e então ele me deu um soco no braço.

"Nem um pouco feito você, sozinha ao sol cutucando as cobras com uma bengala enquanto fuma seu cachimbo."

Eu disse a ele que preferiria um gato às cobras, mas ficaria feliz com o cachimbo.

Ele começou a rir e então remexeu nos bolsos em busca do telefone, que tocava. Era um telefonema de Nadia.

A voz dele era suave e amorosa. Ele a ouviu falar durante algum tempo e depois lhe disse duas vezes que a amava.

Acho que ele estava falando sério. Eu realmente queria que estivesse falando sério.

Uma amiga bem próxima que eu tinha em Berlim dissera sobre o marido, que recentemente se tornara distante: "Não acredito que ele em algum momento tenha pensado no que era melhor para mim. Não acredito que estivesse interessado no meu bem-estar. Não acredito que pudesse viver afetuosamente comigo". Eram coisas importantes e tristes para não acreditar.

Quando o telefonema terminou, Helena se virou para nós dois e sussurrou alto, "Eu quero um homem para janeiro, fevereiro e para a primeira semana de março, ponto final".

Queríamos saber o que ia acontecer na segunda semana de março e no começo de abril. Ela nos disse que não aguentaria tanta adoração. Nove semanas iam lhe servir por muito tempo. Ela perguntou ao meu melhor amigo se ele sentia saudades da esposa quando estava separado dela, como agora, em Paris.

"Não. Nunca sinto saudades de Nadia. Também não acho que ela sinta saudades de mim. Nós nos confrontamos tanto quando estamos juntos, leva muito tempo até eu me recuperar. Mas a adoro em todas as estações, de janeiro a dezembro." Helena queria saber o que ele queria dizer com se confrontarem. Ele pensou a respeito enquanto desligava o telefone. "Não me sinto seguro ou confortável quando estou com ela. Nadia me mata de medo, mas se eu a perdesse ficaria inconsolável." Ele e Helena começaram a falar longamente sobre tudo isso enquanto eu pensava em minha amiga de Berlim e que seria seu aniversário em breve. Ela acordaria sozinha pela primeira vez em vinte anos. Enquanto estávamos ali, sentados no banco, tomei a decisão de visitá-la em Berlim e estar presente no seu aniversário. Tínhamos nos conhecido quando estávamos ambas lutando para ser artistas e mães no tumulto da vida de família com nossos maridos e filhos pequenos. Tínhamos conversado honestamente sobre essa luta. De algum modo, tentar fazê-lo em alemão e inglês nos ajudara a falar mais livremente. As dificuldades do idioma significavam que tínhamos que encontrar palavras que pudessem ser mais facilmente compreensíveis para uma e outra. O desejo de entender o que estava se passando em nossas circunstâncias muito diferentes era forte, poderoso. Como minha amiga de Berlim dissera, buscando as palavras em inglês, ela e eu tínhamos *relações humanas reais*. Eu sabia que ela não usaria essas exatas palavras em sua própria língua, mas entendi o que queria dizer, embora soasse levemente oficial.

Aprendi um bocado ao prestar atenção na sua luta para encontrar as palavras. Se ela e eu estávamos ambas feridas, domesticadas e humanizadas por nossos casamentos anteriores e por nossos filhos, definitivamente estávamos por fora da aventura da fase atual de relações humanas entre Helena e meu melhor amigo. Ela deslizara a perna por entre as pernas dele e agora estava colocando na sua boca o falafel que não comera. Enquanto isso, eu me perguntava de que aeroporto em Paris deveria voar para Berlim. Paris-Orly ou Charles de Gaulle?

Naquela noite, meu melhor amigo não voltou para o ninho vazio. Mais tarde, disse-me que tinha passado a noite com Helena, ponto final. Parecia que ele estava avançando bastante no sentido de perder Nadia e queria perdê-la e ficar inconsolável, ponto final. Enquanto pegava sua mala e guarda-chuva e tateava frenético nos bolsos do casaco em busca do passaporte, disse que Nadia estava saindo com outra pessoa fazia um mês e seis dias, mas ele ainda a amava, então imaginava que ela ainda encontraria em si o amor por ele. Caminhei com ele até o portão, onde o *concierge* fumava um cigarro. Quando meu amigo abriu o guarda-chuva com o nome de um hotel escrito e seguiu desamparado pelas calçadas de paralelepípedos na direção do metrô, o *concierge* se virou pra mim e disse, em inglês, "Mas não está chovendo".

Helena me telefonou tarde naquela noite. Tinha uma forma adorável e leve de falar, como se estivesse seduzindo a si mesma com as próprias palavras. "Sim, é claro que dormimos juntos. Havia eletricidade no ar. A eletricidade é mais excitante do que uma única chama nua. E quanto à esposa dele..." Helena esperou que uma ambulância aos berros passasse. "Ele me falou de Nadia a noite inteira. Pode acreditar em mim, chovia Nadia sobre nós dois no quarto."

9

Caminhei um pouco ao norte do Louvre a fim de procurar uma caneta-tinteiro antiga para o aniversário da minha amiga de Berlim, depois me arrastei até o Bon Marché para procurar um pote de tinta chamado Alfarroba de Chipre.

A caminho de casa, também comprei para ela uma caixa dos melhores *marrons glacés* e um sabonete em formato de cigarra. Naquela noite, enquanto a serra elétrica zumbia no apartamento debaixo do meu e um grupo de turistas cantava "We All Live in a Yellow Submarine" nas escadas da Sacré-Cœur, passei um bom tempo escrevendo um cartão para ela em meu ninho vazio. O cartão era o mapa do metrô em que as primeiras peculiares rosas que eu comprara para o meu novo apartamento estavam embrulhadas, e no qual eu agora colara as pétalas secas daquelas rosas. Eu acrescentara uma nova estação de metrô no mapa com um marcador preto, e essa estação era o nome dela. Sim, ela não tinha uma ponte ou uma placa comemorativa ou uma estátua erguidas em sua honra, tinha toda uma estação de metrô nomeada em sua homenagem. E, além disso, as pétalas de rosa, só por acaso, lembravam-me do poema imagético "Numa estação de metrô," de Ezra Pound.

Escrevi as palavras de Pound no verso do mapa e datei o cartão de aniversário. Coincidia com um período infeliz de sua vida, no qual ela era assombrada todos os dias pela aparição das relações humanas rompidas do seu casamento, mas eu sabia que aquilo em algum momento iria se dissipar. Enquanto isso, embrulhei a caneta-tinteiro e a tinta e os *marrons glacés* e o sabonete de cigarra separadamente com papel de seda laranja, amarrei com extravagantes fitas laranja, coloquei esses presentes numa sacola junto com o cartão feito com o mapa do metrô e comecei a arrumar minha própria mala para a viagem. Como eu mal conseguira dominar minimamente o idioma francês que constituíra (em traduções) toda a leitura da minha juventude, tive que me dar um tempo para encontrar meu caminho no aeroporto Charles de Gaulle. Até ali, só conseguia dizer os poucos versos de um poema de Paul Éluard que eu ainda estava traduzindo – *o coração escuro do meu olhar*, as janelas *profundas* com sombras *fluindo* – mas onde fica o portão de embarque F26?

Naquela noite, dormi mal, e, quando por fim consegui cochilar, meu telefone tocou para me dizer que o táxi estava esperando lá fora. Eu tinha tão pouco tempo para chegar ao aeroporto que não me dei ao trabalho de fechar o zíper do vestido ou amarrar os cadarços dos sapatos. Enquanto saía do apartamento, peguei o saco de lixo para jogar nas grandes latas comunitárias junto ao portão. Estava frio e escuro enquanto eu caminhava lá fora com a mala, a sacola com os presentes da minha amiga e o saco de lixo. O motorista de táxi foi uma boa companhia. Contou-me que seu irmão e seu pai marchavam com os Gilets Jaunes todo sábado em defesa da justiça econômica. Pelo que lhe dizia respeito, Macron era o presidente dos ricos. Pessoalmente, ele preferia Lady Gaga.

10

BERLIM

Foi só ao passar pela segurança no aeroporto que me dei conta de que havia jogado fora a sacola com os presentes de aniversário nas lixeiras do meu apartamento de Paris, junto com o saco de lixo. Isso significava que eu tinha chegado a Berlim, num domingo, de mãos abanando para o aniversário da minha amiga na segunda-feira. Ela vivia em frente a um muro medieval. Dois guindastes industriais pairavam acima dele, projetando-se para o céu de Berlim. Era essa imagem do passado e do presente existindo simultaneamente que eu tentava capturar nas longas horas em que escrevia *O homem que viu tudo*. Como Walter Benjamin dissera, "O trabalho da memória faz com que o tempo entre em colapso". O passado era um tormento para minha amiga. Ela estava se esforçando para ficar alegre, mas não havia nada que pudesse fazer para afugentá-lo. Apontou para uma árvore que crescia junto ao muro antigo. Era local de repouso para todos os pássaros do Mitte. Por volta das cinco da tarde, o céu estava cheio de pássaros pretos com asas poeirentas e serrilhadas, voando para seus galhos, onde passariam uma noite. Tudo em que eu conseguia pensar era a caneta-tinteiro vintage, a tinta cor de alfarroba, os *marrons glacés* e o sabonete em formato de cigarra, e, acima de tudo, o cartão com o mapa do metrô. Não disse nada à minha amiga a esse respeito, naquele momento.

Cedo naquela manhã de segunda-feira, abri caminho em meio a uma tempestade gélida de dezembro, neve misturada com chuva, até a loja de departamentos Galeria Kaufhof em Alexanderplatz. Estava fechada. Eu teria que esperar uma hora até que abrisse. As coisas estavam piorando minuto a minuto. A neve misturada com chuva agora açoitava enquanto eu me desviava de filas de pessoas de casacos pesados aguardando os bondes sob a alta Torre de Televisão, construída em 1962, em concreto, para exibir a grandeza do poder comunista. Tudo era cinza, meus dedos estavam dormentes, meu casaco estava ensopado. Encontrei um café espanhol falso em Alexanderplatz. As paredes eram cobertas de azulejos brancos e, estranhamente, um chuveiro se projetava desses azulejos, como se outrora aquilo tivesse sido um banheiro. Sentei-me numa cadeira de palha debaixo de uma enorme laranjeira falsa e aguardei o meu café cortado. Em Paris, eu comprara sete grandes frascos do melhor sabonete líquido de flor de laranjeira – Savon Liquide de Marseille Fleur d'Oranger (Corps et Mains) – por uma barganha numa farmácia no boulevard Raspail. O cheiro era delicado e intenso, um toque de verão nos meses de inverno. Levantei a mão e toquei uma das laranjas de plástico. Se eu tivesse que fazer o tempo e o espaço entrarem em colapso aqui em Alexanderplatz, as borboletas que vira três anos antes esvoaçando em meio aos limoeiros nas colinas sobre Palma de Maiorca voariam em meio à neve úmida e aos guindastes e o concreto de

Alexanderplatz para pousar nessa laranjeira de plástico *made in China*. Memórias dos meus vinte anos, quando eu ficara nessas mesmas colinas sobre Palma, entraram esvoaçando com as trêmulas borboletas. Aqueles primeiros anos no Mediterrâneo haviam sido uma completa reprogramação dos meus gostos. Meu namorado da época comprava pães, uma lata de atum, um tomate, um pimentão verde e comíamos esse modesto almoço debaixo das alfarrobeiras perto da praia. Nosso desejo um pelo outro era imenso, infinito; o desejo também faz o tempo entrar em colapso. Voltei o olhar na direção do velho chuveiro defunto se projetando em meio aos azulejos brancos. E então olhei noutra direção. O chuveiro disparou um desafortunado colapso do tempo, chegando à história da Alemanha nazista. Ai de mim, aquele café espanhol não estava conjurando em absoluto um estado de espírito mediterrâneo. Apesar dos potes de anchovas na geladeira, minha associação com o chuveiro era a morte por gás dos meus parentes em Auschwitz. Uma frase me veio à mente: *Que os cachorros adormecidos permaneçam assim*. Escrevi-a no meu diário. Era uma frase estranha, que significava "deixe as coisas como estão, não interfira e não crie problemas". Pelo que me dizia respeito, os cachorros adormecidos tinham os olhos bem abertos.

Depois de um tempo, segui caminho pelas calçadas molhadas e cobertas de gelo até a Galeria Kaufhof, no instante exato em que abria as portas. Eu realmente bagunçara aquela comemoração de aniversário. Comprei flores, salmão defumado, denso pão *pumpernickel*, limões e uma garrafa de champanhe. Enquanto eu levava meus pacotes lá para fora, um artista de rua cantava, *I can see clearly now the rain is gone.* Achei que ele tinha um bom senso de humor.

Minha amiga de Berlim, obviamente, estava acordada quando voltei.

"Achei que você tinha fugido", ela disse. Abrimos o champanhe enquanto os guindastes industriais começavam a se mover no céu de chumbo. Ela estava muito bonita e triste, então, para deixá-la ainda mais triste, contei-lhe sobre a caneta-tinteiro vintage, a tinta cor de alfarroba, os *marrons glacés*, o sabonete em forma de cigarra e o cartão. Ambas rimos diante do fato de que seus presentes tinham acabado na lata de lixo. Meu cabelo ainda estava molhado da chuva gelada, o que fez com que eu me lembrasse de lhe descrever a última visita do meu melhor amigo a Paris. Falamos do guarda-chuva que tinha o nome de um hotel escrito e de como o *concierge* não compreendera o tempo interno por dentro do meu melhor amigo quando ele abriu o guarda-chuva. "Mas não está chovendo", dissera, perplexo. "Chovia Nadia sobre nós dois a noite inteira", Helena, a sedutora, astutamente observara. Minha amiga de Berlim perguntou se eu gostava de Helena.

"Bem, não *desgosto*. Ela é bem-humorada, imprudente, vã. Segue seu desejo, e o desejo nem sempre é gentil."

Minha amiga estava tentando entender essas palavras em inglês e saber como eu podia não *desgostar* de uma mulher que estava atrás de um homem casado. Era uma história muito próxima da sua própria situação.

"Cabe a ele decidir se quer aceitar o convite dela", eu disse. "A escolha é dele. Ele quer sofrer. Não quer a felicidade, mas sempre me diz que é Nadia quem não quer a felicidade."

Minha amiga de Berlim definitivamente achava que Helena não era um personagem gostável e estava começando a parecer perplexa, como os executivos do filme. Decidiu mudar de assunto.

"Você precisa telefonar para o seu *concierge*. Pedir a ele que tire os pacotes da lata de lixo."

Fiz isso, mas ele tinha certeza de que o lixo já tinha sido levado. "Se você tivesse dito antes", ele gritou ao telefone. Acontece que *marrons glacés* eram o seu doce preferido, e se ele soubesse que estavam no lixo, teria subido ali, feito uma raposa e devorado-os no café da manhã.

Naquela noite, um jantar de aniversário foi oferecido à minha amiga num velho armazém em Berlim Oriental. Rainer era o *chef*. Ele tinha nascido no sul da Alemanha, e seu pai, que era carpinteiro, ensinara ao filho o ofício que seu próprio pai, por sua vez, lhe ensinara. Eu estava cercada pelas ferramentas do seu novo ofício, o que quer dizer que, assim como carpinteiro, Rainer tinha se tornado um *chef* japonês – então, as ferramentas do seu ofício eram *woks* penduradas em ganchos, frascos cheios de estranhos cogumelos, diferentes tipos de missô, grãos de soja fermentando, leguminosas e barris de saquê, todos rotulados e datados. Esse armazém tinha sido reformado por Rainer e se transformado num local onde trabalhar e viver.

Ele criara um mundo seu, e era um mundo adorável. Um exuberante jardim vertical crescia nas paredes de concreto com toda a intrincada tubulação hidráulica escondida atrás. Ele construíra um mezanino que era o seu quarto. O futon que jazia no chão de madeira estava coberto de tecidos japoneses. No centro do estúdio havia uma comprida, robusta e monástica mesa de madeira à qual muitos amigos agora haviam se reunido. Enquanto Rainer trazia pratos de cavalinha grelhada, picles de pepino, missô, *tempura* de camarões imensos cobertos com migalhas de *panko* e muitos outros pratos misteriosos, eu conversava com um artista de Dresden. Ele fugira da Alemanha Oriental comunista em 1985 e conseguira chegar ao Oeste. Quando criança, aparentemente caíra no rio em Dresden. Estava tão poluído que sua mãe levou um mês para limpar todo o óleo de sua pele e de seu cabelo. Num certo sentido, ele disse, acreditava ainda estar doente por causa daquele óleo. Às vezes tinha pesadelos em que podia sentir seu gosto escorrendo garganta abaixo. Na verdade, podia sentir o cheiro daquele óleo no cabelo nos dias em que ficava nervoso. Tinha uma dica para mim: se você estiver fazendo uma fogueira e quiser que os gravetos úmidos peguem fogo, cubra-os com óleo vegetal e logo estarão estalando. Ele parecia ter muitas histórias que envolviam óleo como tema principal. Talvez o óleo fosse mesmo o protagonista, e por mim tudo bem.

Rainer estava corado por conta de todo o trabalho na cozinha e todo o saquê que bebericara enquanto cozinhava. Quando finalmente se sentou, disse-me que tinha seus próprios sonhos com bens mobiliários. Ele queria comprar um celeiro no Japão rural e trazê-lo a Berlim. Gostava da geometria de um celeiro em particular que tinha visto, mas não tentaria reproduzir seu telhado de sapê. O celeiro seria desmontado no Japão e depois remontado, tábua por tábua, na Alemanha. Sim, ele dormiria todas as noites no Japão e na Alemanha, tudo misturado.

Essa transformação de lugares me fez pensar na casa da minha infância em Joanesburgo. Morávamos num bangalô rebaixado numa rua com fileiras de jacarandás.

Todos os dias eu acordava para o sol africano num céu africano. Não sabia, aos nove anos de idade, que a grama esbranquiçada do nosso jardim seria substituída pela grama inglesa, verde e orvalhada. Os jacarandás de Joanesburgo e os narcisos de Londres formavam uma colagem dentro de mim, tudo misturado, como Rainer dissera. Quando visitasse meu pai idoso na Cidade do Cabo, acrescentaria algo novo a essa colagem: a neblina da Table Mountain; enormes pedaços de algas nas praias da cidade perto de Seapoint; a mordida gelada do Atlântico e o navio fantasma (um petroleiro) sempre no horizonte, aceso à noite feito um conto de fadas; focas se revirando nas ondas; as piscinas naturais de Kalk Bay, onde os oceanos Atlântico e Índico se encontram, assim como o Japão e a Alemanha se encontrariam no novo celeiro de Rainer. Parte das cinzas de Gandhi também haviam sido espalhadas no oceano Índico da África do Sul, então ele também viajava com as ondas entre a Índia e África. Essas piscinas naturais eram profundas e salgadas, com algas gigantes e musgo-do-mar, o sol africano (Olá, meu velho amigo) nascendo e se pondo sobre a montanha. No colapso do tempo da memória, eu também mergulhava na água salobra de lagos ingleses alimentados por fontes do rio Fleet, serenas e frias, debruadas de graciosos e oscilantes salgueiros. Esses dois sistemas climáticos e ecologias transformavam-se, dentro de mim, numa conversa eterna um com outro. Rainer ainda estava falando do celeiro japonês, outrora usado para guardar equipamentos da fazenda. Ele manteria as velhas portas, pilastras e traves quando o reconstruísse na Alemanha. Pegou um lápis e desenhou um diagrama, no qual explicou que o teto teria quatro metros de altura.

Enquanto eu ouvia seus planos relativos a bens imobiliários, pensava numa estranha tarde em que seguia pela Cidade do Cabo, num Uber, com minhas filhas. O motorista era de Posada, na Sardenha, mas fora ainda adolescente para a África do Sul com os pais nos anos do apartheid. Minhas filhas estavam sentadas no banco traseiro; eu me sentava no da frente. Passávamos por ruas que agora tinham sido renomeadas em homenagem a alguns dos homens e mulheres heroicos que lutaram para acabar com o apartheid.

Ao passarmos pela rua Helen Joseph, vi-me contando ao motorista que quando tinha sete anos de idade costumava conversar com Helen Joseph, parada do lado de fora do portão da sua casa. Ela estava em prisão domiciliar, então ficava parada do lado do portão do seu jardim. Quando eu chegava, depois da escola, chamava sua gata, Diná, o nome da gata de Alice em *Alice no país das maravilhas*. Não sabia se o assustador Gato de Cheshire tinha um nome. Às vezes comprava para Helen um cachimbo de alcaçuz na loja de balas. Enquanto eu mastigava o meu, ela fingia fumar o seu. Havia pequenos granulados vermelhos salpicados no alto do cachimbo para dar a ilusão de que estava aceso. Helen era alta, com cabelo prateado e óculos. Seu sotaque (tinha nascido em Midhurst, West Sussex) me dava a impressão de ser muito inglês. Ela parecia uma improvável defensora da liberdade, uma mulher branca de cabelo prateado que estudara Serviço Social, tornara-se sindicalista e lutara a vida inteira pelos direitos humanos. Cristã devota, não tinha filhos, mas era mãe substituta de todas as crianças, negras e brancas, cujas famílias estavam envolvidas na luta para acabar com o apartheid, nossos pais na prisão ou obrigados a viver no exílio. Helen Beatrice Joseph tinha ficado chocada com o que ela chamava de "dupla opressão" das mulheres negras sul-africanas sob o regime do apartheid. Ajudou a organizar, junto com Lilian Ngoyi, uma marcha de vinte mil mulheres até Pretória no dia 9 de agosto de 1954, para protestar contra as leis que diminuiriam a liberdade das mulheres negras de viajar livremente em seu próprio país. Eu não sabia disso então, mas Helen foi a primeira mulher a ser colocada em prisão domiciliar por seu ativismo; também não sabia quantas tentativas de assassiná-la foram feitas pelos supremacistas brancos do regime do apartheid. Às vezes empurravam explosivos pela caixa do correio presa ao portão junto ao qual conversávamos quando eu a visitava depois da escola.

O motorista do Uber estava concentrado nos contratempos da rua caótica. Acho que ele estava um pouco assoberbado diante das minhas reminiscências, e eu também. Quando passamos pela avenida Walter Sisulu, eu lhe disse, sim, minha mãe e ele eram bons amigos. Difícil saber o que fazer com as partes decepadas da minha própria história naquele caminho de carro pelas ruas da Cidade do Cabo. Quando passamos pelo Boulevard Nelson Mandela, pude sentir minhas filhas chutando minhas costas.

Sei que eu falava feito uma doida. Talvez fosse o equivalente de um turista em Londres murmurando para um motorista de táxi, ao passarem pela estátua de Winston Churchill, "Ah, sim, meu avô e Winston jogavam bola de gude juntos quando eram crianças". Eu não conseguia colocar meu passado sul-africano e meu presente inglês juntos do modo como Rainer podia desmontar um celeiro no Japão e reconstruí-lo em Berlim.

Eu não desmanchara minha casa em Joanesburgo e voltara a montá-la na Grã-Bretanha. Se eu outrora vivera dentro dela como criança, ela agora vivia dentro de mim como adulta. Os jacarandás enfileirados na rua eram menos fantasmagóricos. Quando criança, eu ficava debaixo de suas flores roxas aguardando que o vento soprasse as vagens secas das sementes, que chacoalhavam como castanholas na brisa. Era verdade que memórias daquela tarde no Uber na Cidade do Cabo tinham se derramado no armazém em Berlim e feito o tempo entrar em colapso. Se eu era *made in* África e Inglaterra e Europa, o motorista do Uber era *made in* Itália e África, e Rainer era *made in* Alemanha, mas fugira para o Japão.

Rainer agora batucava no meu ombro em tempo real com seu lápis. Tinha tirado os óculos grossos e perguntava se eu cuidaria deles por cinco minutos. Deixou a mesa e voltou com uma bandeja de bombas de creme japonesas. Todo mundo cantou "Parabéns pra você" para minha amiga, e aplaudimos Rainer por preparar um banquete japonês. Quando ele voltou para a mesa a fim de pegar os óculos, perguntei-lhe por que os tirara, para começo de conversa. Ele disse que queria estar "superbonito" quando recebesse os aplausos.

Minha amiga de Berlim me lembrou de que logo seria meu aniversário de sessenta anos e me perguntou se eu fizera planos. Quando confessei que ainda não tinha pensado no assunto, ela me disse que seu plano era ir a Paris e jogar todos os meus presentes de aniversário nas latas de lixo do lado de fora do seu apartamento em Alexanderplatz. Nós nos abraçamos e ela me agradeceu por ter feito a viagem até Berlim e o Japão. Eu não disse a ela que a África e a Inglaterra também tinham se juntado à turma.

11

PARIS

Eu estava lutando para falar alemão em Berlim e agora, enquanto buscava um táxi no aeroporto Charles de Gaulle, lutava para falar francês. O motorista parecia um filósofo de um filme de segunda categoria. Tinha cabelo branco, uma comprida barba branca e usava um blazer de *tweed* puído. Estava tentada a lhe fazer algumas perguntas filosóficas básicas: nosso universo é real? O que é a alma? A dúvida é a origem da sabedoria? Enquanto seguíamos pela rodovia e depois entrávamos na cidade, comecei a reconhecer vários bairros, mas na verdade sentia muitas saudades da Inglaterra. Quando meu telefone tocou, vi que era Nadia ligando de Zurique. Tinha uma pergunta para me fazer. Poderia ficar no meu apartamento de Londres por um tempo? Disse-lhe que claro que sim, estava vazio, e que Gabriella, a *concierge* que aparecia de tempos em tempos, lhe daria uma chave. Gostei do fato de Nadia não explicar por que queria ficar lá e de ter sido um pedido direto. Ambas sabíamos que não era nem um pouco direto. Meu telefone tocou de novo, e era o meu melhor amigo. "Ouvi dizer que Nadia vai ficar no seu apartamento de Londres."

Perguntei-lhe por que estava destruindo a própria vida. Ele começou a soluçar enquanto o táxi atravessava uma das 32 pontes de Paris. Nem ele nem eu encerramos a ligação, só deixamos continuar enquanto ele chorava. O táxi agora passava pelas intermináveis sex shops de Pigalle, perto de onde André Breton morara e onde Josephine Baker abrira sua primeira boate. Em algum lugar perto da estação Blanche do metrô, Breton ofendera a esposa de Magritte (cujo nome era Georgette) exigindo que tirasse a cruz e a corrente que usava em torno do pescoço. Coloquei meu celular no colo e olhei pela janela para o Moulin Rouge, no boulevard de Clichy. O motorista filósofo, com seu cabelo e sua barba brancos, me perguntava se eu achava que ele estava perdido. Deveria ter virado à direita em vez de seguir em frente? A pergunta dele era muito mais interessante do que qualquer das perguntas que eu andara pensando em lhe fazer. Depois de um tempo, meu melhor amigo perguntou se eu ainda estava ouvindo. Disse-lhe que ainda estava ouvindo. Nesse sentido, ele e eu estávamos unidos na alegria e na tristeza, na saúde e na doença, na riqueza e na pobreza.

Alguém estacionara uma bicicleta elétrica vintage, cor de laranja e muito usada, junto ao muro ao lado do portão do meu apartamento. Fiquei olhando para ela por um bom tempo. Onde estava a bateria? Onde estavam as marchas? Eu sentia falta das minhas bicicletas elétricas de Londres, dos meus amigos e dos lagos onde nadava. Coloquei a chave na fechadura antiga e abri a porta do meu ninho vazio. A morte encontrara minhas plantas. Eu gostava do espaço vazio no meu apartamento. Era como um depósito maior, mas cheguei à conclusão de que minha escrivaninha estava na posição errada. Antes de tirar o casaco, comecei a empurrá-la mais para perto da janela. Isso envolveu tirar tudo o que estava ali, livros, computador, impressora, canetas, uma caneca de café que se tornara lodo. Arrastei a escrivaninha até o outro lado da sala, encontrei novas tomadas e pluguei adaptadores, colocando tudo de volta, exceto a caneca de café. Fui até o banheiro lavar a poeira das mãos e fitei o espelho acima da pia. O que vi nos meus olhos foram os olhos da minha mãe. Vi minha mãe devolvendo meu olhar. O que quero dizer é que pude ver no meu rosto, na minha expressão, as semelhanças que tinha com ela, e pela primeira vez na vida isso não era algo ruim. Não era algo que eu temia. A perda da beleza da juventude, por exemplo. Estava tudo bem. Não havia problema. Fiquei feliz em estar conectada a ela. Senti que minha mãe estava comigo no meu apartamento em Paris, realmente senti isso. Ela olhava para o apartamento ao redor.

Nas paredes do ninho vazio:

Dois espelhos dourados no formato de olhos.

Uma máscara de coelho e, debaixo do queixo, um ovo marrom (eu o esvaziara quatro meses antes e prendera na parede, em homenagem à lareira em forma de ovo em Santa Fé).

Duas máscaras de dança africanas com muitos olhos e lábios (ligadas ao meu projeto sobre o duplo).

Um ramalhete de lavanda seca da Provença (ligado aos meus sonhos com bens imobiliários).

Uma fotografia de um quadro de um jardim explodindo com uma abundante e espumante acácia-mimosa amarela, de Pierre Bonnard, intitulado *L'Atelier au mimosa* (1939-1946) (uma acácia-mimosa em plena floração sendo a atmosfera de uma vida que eu queria).

Um pôster de quiromancia, de um azul esbranquiçado, mostrando as linhas da mão e dos dedos (a ponta do polegar é a Vontade, a extensão do polegar é o Pensamento). Uma luminária de ferro batido com cúpula amarela.

Na sala/estúdio:
Uma poltrona de veludo amarelo.
Uma mesa com quatro cadeiras.
Uma escrivaninha e uma cadeira.

Sobre a cornija da lareira:
Uma garrafa de *chartreuse* verde, feita por monges cartuxos desde 1737. Suas ervas incluíam: hortelã, erva-doce, tomilho, caules de angélica, sálvia, gerânio-aromático, capim-limão, louro, verbena-limão, erva-cidreira, anis-estrelado, cravo, noz-moscada, flor de noz-moscada, canela e açafrão.

Na parede do quarto:
Uma fotografia em preto e branco feita por Edmund Engelman da rua onde Freud vivia com sua família e instalara seu consultório: Berggasse 19, Viena. Os paralelepípedos dessa rua estão molhados, choveu, um homem (só podemos ver suas costas) sobe a ladeira usando um casaco pesado e um chapéu de feltro, curvado devido ao mau tempo. Talvez seja um paciente indo ver Herr Professor Freud. A foto tem uma energia sombria. Em 1938, quando foi feita, o exterior do apartamento de Freud exibia uma faixa com a palavra *Juden* escrita. Eu andara por essa mesma rua em Viena para

visitar o Museu Freud. O próprio Engelman tinha escrito, sobre o dia em que fizera essa fotografia:

> Lembro-me de que estava ao mesmo tempo excitado e com medo enquanto caminhava pelas ruas vazias em direção à Berggasse 19, naquela manhã chuvosa de maio de 1938. Levava uma pequena valise com minhas câmeras, tripé, lentes e filme, que parecia ficar mais pesada a cada passo. Estava convencido de que qualquer um que me visse saberia instantaneamente que eu estava a caminho do consultório do Dr. Sigmund Freud – numa missão que dificilmente teria agradado aos nazistas.

Minha mãe estava comigo. Eu podia senti-la olhando para aquela fotografia. Seu olhar estava por toda parte no meu ninho vazio. "Quero uma casa", eu disse a ela. "Não quero um poleiro, quero uma casa *vasta.*"

Marguerite Duras havia comprado sua casa vasta, em Neauphle-le-Château, em 1958, quando vendeu seus roteiros por uma quantia substancial. Foi ali que escreveu "como uma bárbara [...] dez horas por dia". O capítulo intitulado "Casa e lar", em seus ensaios reunidos, ou talvez em sua coleção de textos de fluxo de consciência, *A vida material,* ficou comigo desde que o li pela primeira vez.

> Há mulheres que não dão conta, são desajeitadas com suas casas, sobrecarregam-nas, entulham-nas, não conseguem criar em seus corpos abertura alguma para o exterior, equivocam-se completamente e não podem evitá-lo, tornam a casa inabitável, o que faz com que os filhos fujam aos quinze anos como nós

fugimos. Fugimos porque a única aventura que nos restou é aquela que foi prevista pela mãe.

Minha mãe acabou fugindo da aventura elaborada para ela por sua própria mãe. Essa aventura envolveu aprender taquigrafia e datilografia e depois se casar aos vinte anos de idade.

"Parabéns por fugir." Foi algo que eu nunca lhe disse enquanto ela estava viva.

Há algum tempo, quando estava hospedada com amigos no sul da França, conheci uma francesa de setenta anos que havia crescido em Saigon, no Vietnã. Por acaso, perguntei-lhe se conhecia Marguerite Duras, que também viveu sua infância em Saigon. Sim, ela respondeu, minha mãe frequentou a escola com Marguerite. Foi como se Duras de repente tivesse entrado na cozinha onde comíamos cuscuz e bebíamos vinho local. Eu queria que ela se sentasse e me desse algumas dicas sobre como administrar minha casa e meu lar, sobretudo porque estava fascinada com o que ela descrevia como a "ordem externa e interna" numa casa.

> A ordem externa é a arrumação visível da casa, e a ordem interna é a das ideias, das fases emocionais, dos infinitos sentimentos em relação aos filhos.
> Uma casa tal como a concebia minha mãe era, em realidade, para nós. Não acredito que ela a tivesse feito para um homem ou um amante. Essa é uma atividade ignorada por completo pelos homens. Eles conseguem construir casas, mas não criá-las.

Minha mãe tinha feito o possível para administrar sua casa. Acontece que meu pai era melhor em criar um lar familiar do que minha mãe. Ela só se interessava por seus livros. A cor das cortinas não importava tanto para ela quanto ler um romance que a levasse para outro lugar. Era a pessoa mais improvável com quem falar do desejo por um casarão, mas eu podia perceber que ela estava interessada no meu ninho vazio.

Eu estava muito melancólica nas semanas que antecederam meu aniversário de sessenta anos. Acho que era *tristesse*. Não conseguia explicar a mim mesma por que me sentia tão pra baixo. Quando não estava pesquisando e escrevendo ou organizando a moradia universitária da minha filha, eu vasculhava os mercados de pulgas e lojas vintage coletando coisas para meu castelo de areia no Mediterrâneo. Até agora, havia encontrado um par de persianas de ripas de madeira, duas toalhas de mesa de linho, uma frigideira de cobre, seis xícaras pequenas de café e um regador feito de lata com bico comprido. Estava colecionando coisas para uma vida paralela, ou uma vida ainda não vivida, uma vida que estava esperando ser feita. De certa forma, esses objetos lembravam as primeiras versões de um romance.

Eu pensava na existência. E ao que ela se resumira. Tinha me saído bem? Quem estava julgando? Teria havido anos felizes o bastante, teria havido amor e demonstrações de amor o bastante? Será que meus próprios livros, aqueles que eu escrevera, eram bons o suficiente? Qual o sentido do que quer que fosse? Será que eu procurara os outros o suficiente? Estava realmente feliz por viver sozinha? Por que estava tão preocupada com a fantasia de várias casas inatingíveis e por que ainda estava procurando um personagem feminino que faltava? Se eu não conseguia encontrá-la na vida real, por que não inventá-la na página? Lá está ela, conduzindo seu cavalo alto com talento, certificando-se de não atropelar meninas e mulheres que lutam para encontrar um cavalo próprio. Será que ela as recolhe e montam juntas o cavalo alto? Será que elas a recolhem e assumem as rédeas? Isso parecia verdade? Eu esperava que sim. Meus cinquenta anos tinham sido uma época de mudanças e turbulências, enérgica e excitante. Um tempo de respeito por mim mesma e talvez uma espécie de regresso à casa. Então aí está você! Onde esteve durante todos esses anos?

O inverno havia chegado para valer a Paris. Quando alcancei a saída do metrô, um vento frio veio do Sena e arrancou os grampos do meu penteado. Eu tinha que encontrar grampos mais resistentes. Ou talvez devesse viver com os cachos e deixar meu cabelo solto por um tempo. Havia dias, enquanto escrevia no apartamento, em que percebia que algo estava errado com minhas mãos. Estavam tão frias que os dedos ficavam dormentes, embora o aquecimento estivesse no máximo. Não conseguia me aquecer e, o pior de tudo, a piscina local estava fechada para conserto.

Uma das minhas colegas sabia que eu estava melancólica. Levou-me para jantar com a condição de que eu provasse algo inteiramente novo. Marcamos um encontro e dois dias depois sentamos em um café na rue des Abbesses e eu abri meu primeiro ouriço-do-mar. Era como comer os órgãos reprodutores de um alienígena. Curiosamente, a vida se atiçou, e eu até comecei a desfrutar do inverno rigoroso, sua estocada cortante em minhas bochechas. Minha melancolia estava se dissipando. Não tenho certeza se foi tudo por causa do ouriço, mas era verdade que eu me sentia mais viva no mar.

Algo incrível aconteceu. Outro dos meus colegas, Emeka Ogbu, era um artista visual e DJ de Lagos. Ele achou que seria uma boa ideia se, no meu aniversário, eu convidasse alguns amigos para dançar ao som da sua música na boate Silencio, onde ele faria um show em breve. Silencio era um clube semiprivado para *performers* e artistas, um lugar de encontros e troca de ideias. Todos os ambientes tinham sido projetados por David Lynch, um dos diretores de cinema que mais inspiraram minha perspectiva diante da ficção. Aceitei a oferta de Emeka e comecei a fazer a lista de convidados.

Minhas filhas não podiam acreditar que a mãe fosse tão incrível a ponto de ir a festas no Silencio. Chegaram a Paris na véspera do meu aniversário e seu presente para mim foi uma máquina de fazer sorvete. Uma máquina espetacular de fazer sorvete. Eu disse a elas que agora reviraria ingredientes ali por muitos anos. Quando fiquei sabendo que Helena tinha ido para Zurique ver meu melhor amigo, decidi excluir ambos da minha lista e em seu lugar chamar Nadia. Ainda assim, ele ouvira qualquer coisa sobre a máquina de fazer sorvete e mandara um amigo entregar uma caixa de goiabas no meu ninho vazio através do *concierge*.

"Sim," eu disse às minhas filhas, "vou preparar para a gente o mesmo exato sorvete de goiaba que provei na Índia." Todas as vezes que olhava para elas eu não conseguia me acostumar à beleza delas. Quando contei isso às minhas filhas, a mais velha disse, "Na verdade, eu acho as goiabas bem feias", e eu respondi, "Não, as goiabas não, quero dizer vocês". As duas concordaram que todas as mães acham que seus filhos são bonitos e me atualizaram sobre o estado da bananeira.

Talvez eu não estivesse no boulevard Morte, afinal de contas. O Silencio tinha a atmosfera perfeita para meu aniversário de sessenta anos. Seu design misterioso, glamouroso, um mundo interno de penumbra metido dentro desse mundo, e era parte da história do cinema. Havia até mesmo uma sala para fumar, e a câmara em que era possível *fumer* era projetada para se assemelhar a uma floresta de espelhos. Havia recantos e vãos onde conversar e havia a adrenalina da pista de dança. A playlist de Emeka nos atraiu a todos e nos fez enlouquecer. De tempos em tempos eu olhava para ele no palco, fone de ouvido sobre as orelhas, os braços para o alto, nossos braços para o alto. Ele nos deu energia e conquistou o salão.

Fomos todos nos refrescar às quatro da manhã nas margens do Sena. Era tentador tirar minhas roupas ensopadas de suor e mergulhar, mas Nadia me disse, "Não, você não deve nem mesmo molhar o pé no Sena, o rio tem mais o que fazer. Está a caminho do Canal da Mancha, onde vai escoar para o mar em Le Havre". Eu não estava bem certa do que ela dizia, exceto que talvez estivesse falando sobre si mesma. Nadia escoava para longe do marido. Sim, meu melhor amigo estava fazendo o possível para perder a terceira esposa, que estava planejando se libertar em Le Havre, ou onde quer que fosse.

Era um tanto quanto estonteante ser um personagem feminino de sessenta anos. Talvez um personagem seja alguém que não é exatamente ele mesmo. Acho que é isso que querem dizer quando alguém na vida real é descrito como sendo "um personagem e tanto".

Conforme o inverno derretia e se transformava na primavera, eu me vi com muitas saudades dos meus amigos na Inglaterra e na Irlanda. Sentia falta das árvores e das plantas e das flores nos meus parques locais, e da dignidade de falar uma língua que compreendia. Ao mesmo tempo, enquanto o Brexit avançava, eu me perguntava o que seria necessário para deixar a Grã-Bretanha e viver em outro lugar.

Reli *O livro do riso e do esquecimento,* de Milan Kundera, e comecei a compreender a magnitude do seu exílio de Praga a Paris, a gigantesca empreitada de aprender outra língua e começar efetivamente a *pensar* naquela língua quando estava sozinho na banheira. Kundera reivindicara sua identidade francesa. Descrevia a si mesmo como um romancista franco-tcheco. Era um choque dar-me conta outra vez de que eu era parte da trilha de escritores que haviam feito a longa viagem do seu país natal a outro lugar.

Em fevereiro e março, os floristas estavam cheios de radiantes flores de acácia-mimosa amarelas, felpudas e fragrantes. Seu aroma agridoce e delicado me deixava tonta. A acácia-mimosa tinha uma flor sutil, reservada e sedutora, e comecei a acrescentá-la às árvores no terreno do meu castelo de areia. Na verdade, meu jardim irreal começava a ficar idêntico ao quadro de Pierre Bonnard do seu jardim real em Le Cannet, no sul da França. Isso me intrigava, porque o quadro de Pierre Bonnard, com acácias-mimosas abundantes e sexuais, provavelmente tinha muitos dos desejos e anseios de Pierre Bonnard à espreita. Enquanto eu caminhava com meus tênis (tendo deixado de lado os sapatos de melindrosa) pelo Jardim do Luxemburgo na primavera, perguntava-me o que será que eu queria que Pierre Bonnard queria também. Os parisienses estavam sentados em cadeiras verdes posicionadas fora do gramado, proibido para eles, enquanto pombos acetinados se pavoneavam livremente pelo círculo de grama perto do Museu da Orangerie. Talvez tenha sido isso o que Gertrude Stein queria dizer quando escreveu "Pombos no jardim, ai de mim".

Quando saí pelo portão que dava para a rue de Médicis, ouvi uma mulher chamando meu nome. A princípio não a reconheci.

Helena acenava para mim, mas não acenei de volta porque não tinha certeza de que fosse ela. Enquanto corria na minha direção, dei-me conta de que tinha cortado o cabelo castanho e o tingira de louro. Seu novo *look* me lembrava alguém que eu conhecia, alguém do passado, mas eu não conseguia identificar quem poderia ser essa mulher. Nadia tinha cabelo longo, preto como azeviche, então talvez Helena quisesse sinalizar que era diferente da esposa de seu novo amante.

Senti-me esquisita, porque não a convidara para minha festa de aniversário. Cada uma de nós comprou uma casquinha com dois sorvetes diferentes, maracujá e ruibarbo, morango e manga, e ficamos em silêncio com nossas casquinhas derretendo, observando o tráfego e os turistas e os ciclistas. Em dado momento, derreti o silêncio também.

"Olhe, Helena," eu disse, "você não vai querer se tornar a quarta esposa dele."

Ela assumiu um ar um pouco astuto, corando. "Ora, como você sabe o que eu vou querer?"

Achei que Helena tinha razão. Quando sorriu, notei pela primeira vez como era bonita e como seu novo corte de cabelo a deixava com um aspecto ainda mais ardiloso e sexy. Eu adorava a maneira como ela usava as palavras.

"Sabe," ela disse, "às vezes você precisa pular de um avião sem paraquedas. É a minha escolha. Quero ser leve. Livre. Não quero usar capacete. Sou meu próprio comandante." Passou a língua rosada e pontuda pelo sorvete feito uma cobra.

Em 1969, Georges Perec tinha escrito um romance em que deixara de fora, por toda a sua extensão, a letra *e*. O título era *A Void* em inglês, *La Disparition* em francês e *O sumiço* em português.

Sem o *e*, Helena seria Hlna.

"Ele me encanta", ela disse.

Ela stava ncantada.

Ela pulara no ncanto sm paraqudas.

Helena me perguntou se eu queria ver um filme com ela à noite.

Ela stava sm su amant, sentindo-se dsamparada. Eu disse a ela que ia assistir a uma palestra de Gloria Steinem e perguntei se gostaria de ir comigo.

Helena disse que não, todas as feministas comiam demais, então não tinham energia para o sexo.

Gostar de Helena era árduo, mas isso não a tornava menos divertida ou interessante para mim.

A palestra era no Mona Bismarck American Center. Uma comprida fila de mulheres se formara do lado de fora, a Torre Eiffel à nossa direita. De perto, eu podia ver a beleza da sua estrutura geométrica pela primeira vez. Quando Steinem subiu ao palco, o público espontaneamente se levantou e aplaudiu. Aos 86 anos de idade, ela ainda usava um cinto grosso com uma fivela grande que repousava em seus quadris sinuosos. Recebeu o aplauso sem se abalar, aceitou-o sem falsa modéstia, mas também sem arrogância. Já fazia tempo que nos dissera a verdade sobre o aspecto desagradável da verdade:

A verdade vai te libertar, mas primeiro vai te enfurecer.

Steinem recordou como, havia muito tempo, os homens lhe perguntavam se ela atraía tanto a atenção da mídia porque era bonita. Lembrou-se de uma mulher na plateia respondendo à pergunta por ela: "Precisamos de alguém que possa jogar o jogo e ganhar para se levantar e dizer que o jogo não significa merda nenhuma".

Minha residência em Paris estava chegando ao fim, assim como o casamento do meu melhor amigo. Desmontar o ninho vazio no verdejante Montmartre foi um gatilho para eu me lembrar de todos os outros lares que tinha desmanchado. Meu lábio superior tremia e também meu lábio inferior, mas precisava ser feito.

O *concierge* chegou para conferir o inventário, e assim eu poderia receber de volta o depósito. Sentou-se, gesticulou com a caneta esferográfica e gritou, "Uma panela, duas facas, dois garfos, duas colheres, dois pratos". Eu estava deixando três panelas, seis facas e garfos, seis pratos, oito taças de vinho, uma chaleira, quatro cadeiras, uma poltrona amarela de veludo e dois espelhos dourados. Ele sabia disso, mas não dava a mínima, só precisava marcar um *x* nos itens do seu inventário, e eu também. Cumprimentamo-nos com um aperto de mãos e desejamos tudo de bom um para o outro. Naquela noite, tive um sonho no qual comprava uma mansão em Paris e alguém chamado Gregorio vivia lá também. Coloquei-o no papel para Sylvia Whitman, proprietária da livraria Shakespeare and Company, para uma série de contos sobre a vida em Paris que ela editava para a revista *Port*. Chamei-o de "O 18º", porque estava vivendo no 18º *arrondissement*.

12

O 18°

Meu ex-amante e eu compramos uma mansão em Paris. Uma mansão caindo aos pedaços. Tinha tantos quartos que eu ainda não tivera a oportunidade de ver todos. Mais tarde, descobri que tinha uma piscina. Gregorio e sua esposa estavam lá. Certa noite, quando eu usava um vestido de seda decotado atrás, sabia que ele observava minhas costas enquanto preparava ouriços para o banquete. Quando lhe perguntei se eram frescos, ele disse, "Depende da hora do dia ou da noite em que a gente comer". Gregorio estava convencido de ter comprado aqueles ouriços na rue des Abbesses. Era verdade que minha mansão talvez fosse localizada em algum lugar perto dali. Podíamos ouvir os sinos da Sacré-Cœur tocando.

Mais cedo, tínhamos observado turistas se reunindo em torno de uma estátua de Dalida, perto da rue Girardon. Alguns estendiam a mão para tocar seus seios porque o guia dissera que dava sorte fazer isso. Olhei dentro dos olhos de bronze de Dalida e ela me olhou de volta. "Como estamos nos divertindo", ela me escreveu numa mensagem, enquanto eu subia a ladeira na direção da minha vasta nova propriedade.

Outras pessoas tinham vindo morar na casa conosco, em sua maioria homens literários bastante bonitos. Um deles, descobri mais tarde, era um poeta tcheco. Pela manhã, ele saiu pela rue des Trois-Frères para comprar *croissants*. Mas, quando voltou para a mansão, disse-nos com pesar que a *boulangerie* estava fechada às terças-feiras. Não tínhamos nada para comer no café da manhã e estávamos sem leite ou café. Gregorio se voluntariou para ir até a Rôtisserie Dufrénoy comprar frango e batatas. Eu disse que iria com ele, mas sua esposa observou que ninguém come frango assado e batata no café da manhã.

Talvez fosse primavera, porque os floristas na rue Lepic estavam cheios de flores de acácia-mimosa, amarelas e pulverulentas. Um homem vendia buquês de narcisos perto do metrô Abbesses, três por cinco euros. Devia tê-los colhido às pressas, talvez num parque. Seus comprimentos eram variados, e alguns eram tão curtos que não cabiam num vaso. Seu irmão vendia castanhas. Assava-as numa lata que colocara num carrinho de compras de metal. Quando estavam prontas, embrulhava-as num cone feito com o mapa do metrô, a linha amarela, C1 Pontoise, no canto esquerdo superior.

Fui buscar minha amiga Kiama na Gare du Nord para lhe mostrar minha mansão. Fizemos um desvio pela rue du Faubourg Saint-Denis a fim de provar o *bhel puri* de uma barraquinha que um vendedor indiano instalara na calçada, diante de uma loja que vendia celulares. "Todo mundo precisa ligar para casa", ele nos disse, enquanto derramava molho de tamarindo sobre o *bhel puri*.

Kiama parecia desaprovar minha mansão. "Não acredito que você tenha se mudado para este lugar caindo aos pedaços só para estar perto de Gregorio," ela disse, "e por que a porta da frente está sempre aberta?" Fitei as paredes de gesso cor-de-rosa, descorado mas ainda reluzente. O salão de recepção era magnífico com seu amplo chão de mármore e muitos tapetes persas puídos. Quando ergui os olhos, vi um cômodo no sótão com livros nas prateleiras e me perguntei por que não o notara antes.

Gregorio me disse que era obviamente um lugar que poderia ser meu escritório e citou um verso de Apollinaire: "A chuva tão suave, a chuva tão branda".

Quando por fim descobri a piscina, chamei Kiama para vir admirá-la. Ela não estava tão interessada e me perguntou se as outras pessoas que moravam na casa estavam pagando aluguel. Eu disse que não. Ambas entramos na piscina. Kiama ficou de pé com água até a cintura. Era tenso aguardar que ela nadasse. Ela se demorava na borda olhando pela janela de vidro para o jardim, que poderia ser descrito como o "terreno". De passagem notei que as figueiras precisavam ser regadas. Kiama me disse que as pessoas que moravam conosco deveriam pagar aluguel, ou eu iria à falência.

Mais tarde, eu caminhava com meu antigo amante enquanto todas as pessoas que moravam na casa vinham atrás de nós. Estávamos indo até as escadas perto da estátua de Dalida, na direção do metrô Lamarck-Caulaincourt. Éramos muito próximos e afetuosos. Eu sabia que aquela era uma maneira melhor de viver, não estar sozinha, morar numa grande mansão com meu afetuoso ex-amante e outras pessoas – sobretudo com o acréscimo da tensão erótica pelo fato de Gregorio também estar ali.

Sussurrei para meu ex-amante: "Kiama diz que precisamos pedir aos outros que paguem aluguel, ou iremos à falência". Ouvi as pessoas atrás de nós, em sua maioria homens literários bastante bonitos, murmurando, *sim, sim*, mas de maneira não muito convincente. O poeta tcheco tinha enfiado um raminho de flores de acácia-mimosa na casa de um botão. Alguns dos homens literários tocavam os seios de Dalida. "Volte para sua mansão," ela me escreveu numa mensagem, "eu costumava ter uma perto daqui também. Se vir um gato preto no seu jardim, é meu."

Kiama (observada pelos olhos de bronze de Dalida) me disse com severidade que eu deveria proteger minha propriedade dos ladrões. Aparentemente, seria uma boa ideia colocar um portão com um código. Todos os apartamentos e casas em Paris tinham portões e portas que requeriam códigos para entrar.

As palavras de Kiama interromperam meu sonho. Era devastador descobrir que eu já não mais possuía uma mansão. Sua perda era feito estar em carne viva. Fiquei acordada tentando voltar para minha propriedade, mas não importava o quanto tentasse, não tinha um código para abrir o portão do terreno que tanto precisava ser regado.

Depois de um tempo, dei-me conta de que todos os homens literários que não estavam pagando aluguel eram meu ex-amante. Graças aos céus por Gregorio estar de olhos bem abertos, me protegendo. Não deixei de notar que a mansão estava caindo aos pedaços, que as figueiras estavam morrendo, que a porta da frente estava sempre aberta, que os tapetes persas se desfaziam, e ainda assim eu estava feliz, de uma felicidade quase insuportável, com o fato de que a mansão fosse tão grandiosa. Eu era uma sonhadora que tinha uma propriedade e até mesmo uma piscina. Acima de tudo, gostaria de ter reivindicado o escritório forrado de livros.

Eu sabia que alguma espécie de mudança na minha vida estava se aproximando depois de ter sonhado com a mansão. A brisa que vinha do Sena fazia coisas estranhas com meu cabelo. Deixava-o mais macio, mais bagunçado, difícil de prender num coque. Pela primeira vez em muito tempo, deixei meus cachos caírem soltos sobre os ombros. Havia tanta coisa a desfrutar em Paris, mas eu ainda queria encontrar aquela mansão no meu sonho. Estava ansiosa pela piscina, para plantar temperos e flores no jardim, para descobrir os quartos ainda não vistos e me deitar de costas nos puídos tapetes persas, ouvindo os sinos da Sacré-Cœur. O salão de recepção parecia uma vida esperando para acontecer, algo entre o presente e o futuro. Sim, aqueles quartos ainda não vistos eram uma perspectiva excitante. Fiquei de luto por duas semanas depois que Kiama interrompeu meu sono.

Ocorreu-me, em algum momento, que a própria Paris era o afrodisíaco, e não Gregorio. Eu estava vivendo alegremente sozinha na Paris de Apollinaire e dos Gilets Jaunes. Trazia moedas nos bolsos para os acordeonistas no metrô e encontrara minha *boulangerie* local. Não era na rue des Trois-Frères. No pequeno parque perto do meu estúdio alugado, vislumbrei os hibiscos e os narcisos brotando na terra francesa. Lembravam-me de casa. Quando o chuveiro parou de funcionar, fui até um banho turco. A mulher encarregada me deu um sabão preto feito de azeitona e azeite. Esfreguei o corpo e me sentei no vapor, sentindo-me menos melancólica com a perda da minha mansão. Depois a mulher massageou meus pés com óleo quente de argan. Quando voltei para casa, notei que o portão do meu pequenino apartamento tinha mesmo um código. A última letra era *V* de *Validar*.

Ainda assim, eu continuava furiosa com Kiama quando nos encontramos num café na rue des Abbesses no dia da chuva violenta de granizo. Compartilhamos uma tigela de *œufs cocotte au Cantal* e bebericamos café enquanto bolas de gelo quicavam na calçada. "Você demoliu minha mansão," eu disse a Kiama, "você passou um trator pela minha propriedade", mas ela não escutava. Era domingo, e ela se sentia contente por estar comigo em Montmartre, soltando "oohs" e "aahs" por causa dos *œufs*.

13

LONDRES

A primeira coisa que aconteceu na noite em que voltei a Londres foi que entrei de penetra numa festa literária. Decidi que se houvesse alguém conferindo uma lista de convidados na porta, eu diria que era Elena Ferrante. Ou talvez dissesse que era Lina, que desaparecera dentro da obscuridade, mas retornara brevemente para batatas fritas e coquetéis na Bloomsbury, em Londres. Por acaso, a pessoa na porta era uma livreira que eu conhecia bem. Ela nem olhou para a lista de convidados.

"Você voltou de Paris para valer?"

Eu não sabia como responder a essa pergunta.

"Espero que sim", ela disse. "Aliás, evite o vinho e vá direto aos coquetéis de gim."

Um escritor de certo renome, mas não na minha hierarquia de renome, engolira alguns coquetéis de gim a mais do que deveria. Isso liberou seu desejo de encontrar uma escritora para solapar no salão. Achou que eu serviria e foi direto à caça sem preliminares. "Você às vezes se olha no espelho e acha que todo esse sucesso veio tarde demais, e que tanta exposição é bastante vulgar, um tédio absoluto e terrivelmente cansativa?" Ele inclinou o corpo para trás e esperou que eu concordasse. Seu rosto estava vermelho, e ele suava. Não era maneira de saudar Elena Ferrante no momento em que entrava na festa. Ela possuía questões próprias com a exposição e não queria essas questões atiradas no seu rosto antes mesmo de ter conseguido pôr as mãos num coquetel de gim.

Também não era maneira de saudar a pobre e desaparecida Lila.

Qual era a pergunta?

Você às vezes se olha no espelho e acha que todo esse sucesso veio tarde demais, e que tanta exposição é bastante vulgar, um tédio absoluto e terrivelmente cansativa?

De fato eu tinha conquistado certo reconhecimento e popularidade por meus livros aos cinquenta anos, mas, pelo que lhe dizia respeito, não deveria ter acontecido em momento algum. O que me veio à mente, dado que ele tinha se formado por Cambridge, foram os alunos homens que marcharam pelas ruas em 1897 em protesto contra os direitos das alunas de obterem seus títulos acadêmicos. Esses homens com seus estudos caros fizeram tudo o que podiam para evitar que as mulheres os ultrapassassem. Atiraram ovos e fogos de artifício e chegaram mesmo a mutilar a efígie de uma aluna de bicicleta.

"Você não acha que é um tédio absoluto e bastante vulgar e terrivelmente cansativo obter seu título acadêmico?"

Sim, havia sido um longo caminho até ser reconhecida de uma forma modesta. Eu começara escrevendo com uma máquina de escrever, colocando papel carbono entre as folhas, quando tinha 24 anos. No fim da adolescência, lera os empoeirados periódicos literários que minha mãe guardava empilhados em prateleiras, datados dos anos 1960 e 1970. Estava interessada nas entrevistas com escritores brilhantes e mal notava não haver uma única entrevista com uma escritora. Ainda assim, vislumbrara um formato para minha vida quando era bastante jovem. Eu sabia que era uma escritora. Quem é *ela* então, essa garota/mulher escritora? Não ter ficado ofendida com a ausência das mulheres nas páginas daqueles periódicos era uma terrível desconexão do que quer que eu deva ter sentido diante da ausência *dela*. Era normal, só isso. Era normal que desaparecessem conosco. Era normal que nos desencorajassem.

Quem é *ela*? Essa é a pergunta que eu começava a fazer em todos os meus livros. Não quem sou eu, embora isso também se inclua aqui. Como *ela* se vira num mundo que a anulou? Por algum motivo, eu nunca me desviei do meu próprio senso de propósito literário. Nesse sentido, eu me levava a sério. Às vezes a frase *ela se leva a sério* é vista como uma falha, como se o fato de se levar a sério indicasse que se tem aspirações para além da sua capacidade, como se devesse relaxar e dar boas risadas diante das próprias esperanças. Nunca deixou de me fascinar o fato de que sempre haverá um homem e suas consortes femininas desejosos, acima de tudo, de derrubar uma mulher que se leve a sério. As mulheres que querem que outras mulheres deem boas risadas diante dos seus talentos e ambições em geral lutaram muito pela aprovação masculina. Temem perder o respeito de seus colegas homens, que precisam que elas suprimam para eles as outras mulheres. Se as mulheres forem hábeis na execução dessa tarefa, nunca deixam de parecer infelizes.

É, afinal de contas, um trabalho sujo.

Então, aqui estava eu de volta à Inglaterra. O escritor de rosto vermelho estava, na verdade, bloqueando meu caminho. Parecia ainda não ter terminado comigo. O livro que parecia ter perfurado mais profundamente seu território era *O custo de vida*. Ele me fez o que pensava ser uma pergunta sobre esse livro, mas não era uma pergunta. Era mais uma reprimenda.

Eu tinha feito recentemente uma leitura desse livro num evento em Freiburg, uma cidade na extremidade sul da Floresta Negra alemã. Ela era assombrada por seu mais famoso filho, o filósofo Martin Heidegger, reitor da universidade e membro do Partido Nazista. Sua amante e aluna era a grande teórica política Hannah Arendt. Aos dezenove anos ela teve um caso com Heidegger, que era seu tutor. Ele tinha 36 e considerava esse romance com sua brilhante aluna os anos "mais excitantes, concentrados e dinâmicos" de sua vida.

O público, que em sua maioria vivia perto dessa assombrada Floresta Negra, tinha algumas perguntas a me fazer. Queriam saber como faço para construir a voz da narradora, que sou eu mas não exatamente. Eu disse acreditar que a narradora tinha que fazer algo complicado na vida, ainda mais num livro. Não poderia se tornar grande demais ou pequena demais. Quer dizer, não deveria constantemente se solapar de modo a implorar que os leitores gostassem dela, tampouco deveria se tornar maior na página do que efetivamente era na vida real. É difícil reivindicar fragilidade e força em igual medida, mas essa mistura é o que todos somos. Expliquei como uma citação do artista Egon Schiele me deu uma pista sobre como proceder com a escrita.

> Em Viena há sombras. A cidade é preta e tudo é feito mecanicamente. Quero estar sozinho. Quero ir para a Floresta da Boêmia [...]. Preciso ver coisas novas e investigá-las. Quero provar água escura e ver árvores estalando e ventos selvagens.

Toda escrita trata de ver coisas novas e investigá-las. Às vezes trata de ver coisas novas em coisas antigas.

Outra mulher queria saber, em suas próprias palavras, "o quanto o livro refletia minha própria vida". Eu disse a ela que o peso de viver fora maior em minha vida do que nos livros. Se isso parece estar invertido, tinha que ser desse modo. De outra maneira, eu teria sido derrotada pela minha vida. Não queria esmaecer o brilho da vida, mas sim lançar luz sobre ela, e sombra também, e em seguida mais luz sobre o custo de vida.

Enquanto o escritor gesticulava com as mãos brancas e macias diante do meu rosto, pensei, *Sim, Gloria Steinem está correta, a verdade vai nos libertar e vai nos enfurecer. Repetidas vezes.* A verdade era que ele via todas as escritoras como inquilinas nas suas terras. Pensei naquelas jovens inteligentes, as amigas da minha filha, que se sentavam à mesa da minha cozinha no malconservado prédio na ladeira. O que esperava para elas é que não chegassem aos sessenta e tivessem que aturar alguém debochando alegremente de suas aptidões e seus talentos.

Se a classe e os estudos dele o haviam ensinado a considerar seus próprios pensamentos como algo monumental, não o haviam ensinado a ler as obras de mulheres ou escritores negros. Portanto, ele estava privado de algumas das mais importantes ideias para o mundo e das mais excitantes inovações da forma. Sua vergonhosa ignorância, contudo, o levou longe. Na minha opinião, um único parágrafo do escritor W. E. B. Du Bois valia mais do que cada livro escrito pelo autor de rosto vermelho.

> É uma sensação peculiar esta dupla consciência, esta impressão de estar sempre olhando para si mesmo através dos olhos dos outros, de medir a própria alma pela fita métrica de um mundo que a considera com divertido desprezo e pena. Percebemos a nossa dualidade – um estadunidense, um negro; duas almas, dois pensamentos, dois esforços irreconciliáveis; dois ideais em luta num corpo escuro, cuja força obstinada é a única coisa que o impede de ser dilacerado.
>
> *As almas do povo negro* (1903)

Sim, no tempo presente dessa festa era uma sensação peculiar olhar para mim mesma através dos olhos do homem que bloqueava o meu caminho.

> E é claro que tenho medo, porque a transformação do silêncio em linguagem e em ação é um ato de revelação individual, algo que parece estar sempre carregado de perigo.
> Audre Lorde, *Irmã outsider* (Autêntica, 2021)

Empurrei-o para longe do meu caminho e fui lá para fora juntar-me à multidão que bebia vinho vagabundo. Só mais tarde me lembrei que ele era o convidado e eu tinha entrado de penetra na festa.

14

GRÉCIA

*De todos os povos, os gregos foram os que melhor
sonharam o sonho da vida.*

Goethe

Era preciso subir 63 degraus de pedra para chegar à minha casa alugada. O vão da porta de entrada dessa casa era um arco de pedra coberto por um jasmim mais morto do que vivo no calor de agosto. Era uma casa antiga, grande e excêntrica, construída acima do mar, uma *villa* baronial grega do século XVIII que devia ter sido bastante imponente no passado. Agora, mantinha-se de pé com pedra, madeira, merda, urina e saliva de burro.

Fora construída com dois andares e parecia um palco pronto para uma peça de Tchekhov. No alto da casa havia um comprido sótão com piso de madeira, teto alto e uma lareira de pedra, um velho piano encharcado encostado no canto. Sobre a tampa havia um telescópio de metal, um relógio com ponteiros elegantes e congelados indicando quatro horas e um tabuleiro de xadrez antigo, entalhado, todas as peças ordenadamente dispostas nas casas.

Esse sótão me lembrava um celeiro; talvez chegasse mesmo a se parecer com o celeiro japonês de Rainer, de modo que tirei uma foto e mandei para ele. Havia portas nas duas extremidades, e essas portas se abriam para dois dos terraços de pedra, um dando para o mar e o outro para as montanhas. Lá embaixo, a cozinha era fresca e escura, com vários cestos pendurados no teto de madeira. Disseram-me para colocar o pão (e o bolo de laranja e mel local) naqueles cestos para que as formigas não pudessem alcançá-los.

Dois antigos raladores feitos de cobre pendiam de um prego na parede. Assemelhavam-se a armas. Talvez a deusa Atena segurasse um em cada mão ao nascer. Segundo o mito, Atena nasceu da cabeça do pai. Por acaso, Zeus, seu pai, devorara a mãe dela. Na verdade, comera-a. Talvez naquela cozinha. Sua filha, Atena, a menina, salta da cabeça dele vestida com uma armadura completa, defendida e pronta para a guerra. Foi esse o roteiro patriarcal escrito para Atena. É uma maneira triste de nascer: com uma armadura e pronta para a guerra. A sala também era construída com pedra, bem como os três quartos com seus altos tetos de ripas de madeira, todos eles frescos e espaçosos, tapetes *kilim* puídos sobre as lajotas do piso. O terraço no andar inferior recebia a sombra de um alto pinheiro, debaixo do qual ficavam uma mesa e um banco entalhados na pedra. Doze degraus conduziam a um jardim negligenciado, mais abaixo. Uvas ainda cresciam em vinhas moribundas e ressequidas. Duas oliveiras estavam em melhor estado, assim como todo tipo de plantas batalhadoras que eu não reconhecia.

Atrás da casa ficava uma pequena fazenda. Os galos me acordavam todos os dias, antes que as cigarras começassem a berrar sua canção a partir das sete e meia da manhã, com uma hora de intervalo antes de retomar o clamor até as nove da noite. Aparentemente, as cigarras que cantam são machos. Estão chamando as fêmeas, que são mudas. Portanto, sua canção infinita é uma canção de desejo, e eles eram tão barulhentos que obscureciam a canção de qualquer pássaro. Se havia pássaros cantando num fio em algum lugar na ilha de Hidra, como Leonard Cohen nos dissera, eu não podia ouvi-los em agosto. Três cachorros de olhos azuis com pelo cinzento de lobo moravam na sacada da casa ao lado. Uivavam todas as vezes que alguém subia os 63 degraus de pedra, sempre cobertos de merda de burro e também com as azeitonas que caíam das árvores plantadas atrás dos muros de pedra. À noite eu podia ouvir o motor dos táxis-aquáticos mar afora.

Na terceira semana do comprido verão em que morei e escrevi nessa casa, notei um buraco na parede do lado de fora do banheiro. Espetei o dedo ali e começou a cair areia do gesso rachado. Areia muito fina. Continuou caindo até que havia uma pequena praia junto aos meus pés. Parecia o ritmo de um cronômetro para cozinhar ovos, mas não havia um horário acoplado. Depois de um tempo, perguntei-me se a casa inteira começaria a se desfazer e me sepultar lentamente na terra da qual ela própria havia sido feita.

No fim, virei as costas ao infatigável escorrer da areia e fui nadar, pegando dois figos para o café da manhã nas árvores que cresciam no caminho que levava à costa. A impermanência da estrutura daquela casa ficou comigo enquanto nadava. Assim como em *O livro de areia*, de Borges, eu me perguntava se aquela casa, tal qual o livro, não tinha começo nem fim. Será que meu laptop e meu passaporte estariam enterrados na areia quando eu voltasse? Parte de mim acreditava que isso poderia acontecer.

O que fiz não foi exatamente *enterrar a cabeça na areia*, como diz o provérbio quando evitamos uma situação ou fingimos que ela não existe, mas sim submergi-la no mar. Enquanto nadava, pensei em avestruzes, que em tese enterram a cabeça na areia mas na verdade estão enterrando seus ovos, girando-os para lá e para cá na terra com os bicos. A lareira em formato de ovo pela qual eu tanto ansiava havia sido um dia uma forma de vida, uma estrutura dentro da qual a vida existia, enterrada em areia ou algo similar. E quanto aos caranguejos maria-farinha, que cavam buracos na areia para construir suas casas? Quando as marés desmancham a casa, têm que construir outra. Somos todos inquilinos na terra, que é nossa casa temporária. Observando o cardume de mágicos peixes-espadas miniatura nadando sob meus pés, dei-me conta de que estava assustada com a areia que escorria da parede. Seria verdade, como Marx nos ensinou, que tudo o que é sólido desmancha no ar? Pelo menos os musculosos filhotes de peixe-espada batiam a cauda, lançando-se a toda velocidade pelo mar. Foi um alívio ver a casa ainda de pé depois de subir os 63 degraus.

As noites eram sufocantes na ilha. Casais andavam de mãos dadas sob a lua brilhante. Claro, eu sabia que Leonard Cohen vivera em Hidra durante um tempo, em sua juventude, e em tese havia uma aura a mais na ilha por causa dele dizendo *so long* para Marianne. Voltando do jantar com amigos às duas da manhã, subi os degraus até minha casa, passando pelos gatos que dormiam sobre os muros quentes de pedra. Era como se as pedras tivessem tanto fôlego, espírito e vida quanto gatos, sílex e pelos iluminados pelas estrelas.

De repente, eu queria ouvir aquela canção de novo. Pusera-a para tocar umas mil vezes ao longo da vida, mas naquela noite a ouvi como se pela primeira vez. Acho que nunca a ouvira com sessenta anos de idade. Escutara aquela famosa despedida pela primeira vez aos treze anos, quando usava sombra fosca vermelha para ficar parecida com Bowie em sua fase Ziggy Stardust. Naquela idade, a ideia não era dizer adeus ao amor, nem mesmo dizer olá. Na longa extensão dos treze aos sessenta, muitos adeuses tinham saído dos meus lábios. Por onde começar? Onde terminar? Eu poderia ingressar em qualquer ponto com meus próprios adeuses. Adeus àquele que foi meu marido por 23 anos. Isso foi terrível, inevitável, mas, já que tínhamos filhas juntos, jamais poderia ser um adeus final. Ambos concordamos em viver juntos mas separados nas vidas de nossas filhas. Adeus à minha mãe. Não cheguei a dizer a palavra *adeus*. Não queria assustá-la, então segurei seu pé direito com a mão e apertei. Adeus, aos 24 anos, ao primeiro grande amor da minha vida. Talvez meu primeiro verdadeiro amor. Seus olhos. Seus lábios. Suas coxas. Sua pele. Tudo dependia do quanto seus lábios estavam pressionados sobre os meus. Aquele adeus foi uma ruptura. Um rasgão, uma fenda, uma ferida. A primeira lição árdua de que o amor profundamente sentido talvez não dure. Todos os adeuses que eu jogara feito bombas sobre aqueles que estavam apaixonados por mim. Bum! Havia um adeus do qual me arrependia mais do que todos os outros. Talvez adeus não fosse a palavra correta, e eu devesse ter dito outra coisa. Adeus ao meu pai quando ele voltou da Grã-Bretanha para viver na África do Sul, depois que Nelson Mandela foi liberto e a primeira eleição democrática estava em curso. De algum modo, meu pai me ensinou a não sentir saudades dele. Não sei como isso funciona, mas agora que ele estava velho, com 91 anos, eu sentia saudades do meu pai todos os dias e disse a ele que a única instrução que tinha para lhe dar era de que fosse imortal. Ele prometeu que faria o possível. Notei que se tornara mais emotivo com a idade e que não havia uma única mensagem de WhatsApp sua que não fosse arrematada com palavras de afeto. Meu pai é muito talentoso para saber se uma fruta está madura, então, sempre que compro um melão ou uma manga, tiro uma fotografia da fruta nos supermercados londrinos, mando para ele na África e lhe pergunto qual deveria escolher. Ele estuda a foto e então, em tempo real, quinze segundos mais tarde, responde: "O melão da esquerda, segunda fila".

Ele sempre tem razão.

Não posso nem me imaginar dizendo um adeus final ao meu pai. Minha mente se fecha todas as vezes que me permito pensar a respeito, então melhor me ater às mangas e aos melões, por ora.

E quanto aos lancinantes adeuses às amizades? Àqueles amigos que estão muito vivos, mas de alguma forma o vínculo que nos mantinha juntos foi fatalmente rompido. Na minha experiência, esse tipo de ruptura tem a ver com a incapacidade de seguir em frente um com o outro, ou simplesmente com o fato de já não nos ajustarmos ao afeto que um dia nos uniu.

Leonard e Marianne estavam ambos mortos agora. Quando o próprio Cohen estava doente e Marianne morria, havia escrito para ela aquela carta maravilhosa – dizendo como suspeitava que fosse segui-la muito em breve. Se ela estendesse a mão, ele escreveu, poderia tocar sua mão; desejava-lhe uma boa viagem e a amava infinitamente. Cohen fizera, na velhice, a longa viagem até aquela carta. Talvez fosse a melhor coisa que já tinha escrito, endereçada ao seu passado mítico e pessoal. A viagem até aquela carta me parecia a mais importante de se fazer em qualquer momento da vida. Ele não tinha fechado a porta, deixara-a entreaberta, e eles passariam por ela, separados mas juntos, rumo à morte. Naquela noite, no calor profundo da Grécia, devorada por mosquitos e reminiscências, eu pensava em todas as portas que havia fechado em minha vida e no que teria sido necessário para mantê-las entreabertas.

> Contaríamos a história de nossa vida inteira se fizéssemos o relato de todas as portas que fechamos, que abrimos, de todas as portas que gostaríamos de reabrir.
>
> Gaston Bachelard, *A poética do espaço* (1957)

No dia seguinte, fiz café grego num *briki*, um pequeno bule de cobre com cabo comprido, e puxei um dos cestos pendurados no teto da cozinha. Dentro do cesto agora espreitava uma fatia do famoso bolo de laranja e mel. Nenhuma formiga à vista. As cigarras com seu ruído áspero estavam maníacas como sempre enquanto eu andava pelo jardim. A terra era seca e pedregosa, nada familiar para mim, assim como as plantas moribundas e os insetos que as atacavam. Sentia-me uma estranha naquele jardim. Eu tinha vindo de outro tipo de ecologia completamente distinta.

Depois de um tempo, tranquei a casa e desci os 63 degraus de pedra para ajudar uma amiga a selecionar fotos de seu falecido pai ator. Ele tinha vivido seus últimos anos na ilha com a segunda esposa. Minha amiga e eu colhemos uvas das vinhas no quintal nos fundos da casa. Nove folhas de cactos estavam de molho num balde d'água no quintal. Elas também eram uma ecologia diferente das rosas trepadeiras e narcisos de primavera que ele compartilhara com a mãe da minha amiga, sua primeira esposa, na Inglaterra. Eu sabia que sua cabeça estava cheia de Shakespeare, mas suas últimas caminhadas na terra foram entre as cabras e mulas pastando nas colinas secas e douradas acima do mar.

> Se te comparo a um dia de verão
> És por certo mais belo e mais ameno
> O vento espalha as folhas pelo chão
> (Ediouro, 2000)

As folhas espalhadas pelo chão tinham sido substituídas por outro tipo de vegetação açoitada pelo vento.

Minha amiga teve o prazer de descobrir uma foto de seu pai em 1954, vestido como membro de um trio de marinheiros que dançavam e cantavam num palco em algum lugar da Inglaterra. Como eu disse a Nadia quando ela me ligou mais tarde, "Quem não quer um pai dançando e cantando vestido com uma roupa de marinheiro?". Nadia estava arrasada porque seu marido andava de namoro com Helena. Aparentemente, ela só havia se envolvido com o novo homem para jogar uma pedra na cabeça do marido.

"Ouça, Nadia," eu disse, "não diga adeus, a menos que seja para valer", e então expliquei que precisava correr porque tinha uma reunião urgente.

A reunião era com uma produtora de cinema grega numa taverna em Vlicos, a vinte minutos de caminhada na trilha costeira a partir de Kamini, onde eu morava. Nós nos sentamos diante de uma mesa na onda de calor sufocante e ela pediu uma garrafa de *ouzo* e um balde de gelo. Isso estava muito mais próximo do que eu imaginava que seriam as reuniões com executivos de cinema. Ela até gostou dos meus sapatos. Alguns anos antes de virar alguém que usava sapatos de melindrosa em Paris, eu havia comprado um par de brogues marrons de lona e couro feitos à mão que estavam à venda na vitrine de um sapateiro, no leste de Londres. *Eles tinham que ser meus.* Quando entrei na loja para me informar, eram exatamente do meu tamanho e o preço baixou, aparentemente, de 300 para 38 libras. O sapateiro soprou a poeira da caixa e depois escovou os sapatos com uma escovinha de arame. O couro, a lona, toda a atmosfera de seu design sob medida dialogava com tudo o que eu admirava. Falavam de flanância e liberdade e elegante despretensão, não eram nem masculinos nem femininos e podiam ser usados em qualquer ocasião, especialmente para se ter coragem numa reunião com uma produtora de cinema de primeira linha. Uma caixa de cigarros chegou à mesa. Outro balde de gelo – o anterior havia derretido. Não conversamos sobre personagens principais e secundários ou se esses personagens eram gostáveis. Conversamos sobre nossas vidas, nossos problemas, a atmosfera política em nossos respectivos países. Uma salada apareceu na mesa. Uma *moussaka*. Uma tigela de favas amassadas. A produtora de cinema era impressionante, robusta, os longos cabelos chegando à cintura. Fiquei escutando enquanto ela me contava uma história sobre uma situação que lhe interessava. Também me interessava. Era sobre uma mulher de direita, viciada em bebidas, drogas e orgias. A produtora de cinema queria registrar o processo de como e por que essa mulher acabou se tornando fascista. Sugeriu que nós lhe déssemos uma filha adolescente que não concorda com a política da mãe. Gostei do jeito como ela disse *nós*. O novo gelo estava derretendo. Eu estava com uma leve insolação quando o táxi-marítimo chegou para transportá-la velozmente ao barco chamado Flying Cat, que a levaria de volta a Atenas.

Meu segundo encontro foi com o mar. Mergulhei de uma pedra no grande bálsamo azul do mar Egeu e não vi razão alguma para um dia deixá-lo, razão alguma para dizer adeus ou *so long*. Queria nadar em seus braços para sempre enquanto o sol batia em meus ombros. Quando finalmente concordei em me separar dele por um tempo, vi que não poderia colocar o pé descalço nas rochas para me apoiar e sair do mar. Havia ouriços pontiagudos agarrados em cada pedra. Sempre me surpreende que seus primos sejam as estrelas-do-mar. Chamei um jovem alemão sentado na rocha e perguntei se ele poderia jogar para mim seus sapatos de mergulho de borracha. Dava para ver que eu estava com um problema, e ele fez isso de bom grado. Calcei-os enquanto batia os pés dentro d'água e assim consegui passar pelos ouriços pontiagudos. Quando por fim subi para a terra firme, coloquei meu vestido, amarrei meus brogues, comecei a atravessar as rochas escorregadias e imediatamente caí sobre o cotovelo direito. As solas dos sapatos eram de couro e as pedras estavam molhadas.

Mais tarde, enquanto eu olhava tristemente para os hematomas que começavam a aparecer no meu cotovelo e no meu ombro, perguntei-me o que fazer com esses ferimentos. Eles precisavam de um pouco de atenção, mas eu não estava acostumada a precisar desse tipo de atenção e não queria pensar a respeito. Andei pelo porto procurando uma farmácia e, quando encontrei uma, numa rua atrás do porto, entrei (usando meus brogues) e comprei um óleo estranho com infusão de arnica. Tinha um cheiro pungente e genuíno. Parte do meu dia foi gasto aplicando esse óleo no cotovelo, encontrando sapatos de mergulho para evitar os ouriços e outro par de sapatos mais adequados para subir os muitos degraus de Hidra. Eles não eram nada se comparados aos meus brogues, mas eu não tinha percebido que meus sapatos de flanar eram feitos para a cidade e tinham o tipo errado de sola para uma ilha grega.

James Joyce certa vez brincou com um artista que pintava seu retrato, "Não se preocupe com a minha essência, é só acertar a gravata".

Minha gravata estava bem. Eu tinha que acertar a essência dos meus sapatos.

Precisava de mais cuidado. Cuidado comigo mesma depois de décadas cuidando dos outros. Confesso que achava isso difícil. O que achava difícil? Cuidar de mim. Tinha alguns planos vagos para o futuro, mas talvez precisasse revê-los. Na velhice extrema, passaria os dias em coma sob o sol com um prato de queijo feta e melancia. Escreveria roteiros de filmes e leria e nadaria. E os hematomas no meu cotovelo? Eu tinha conseguido viver uma vida reflexiva e uma vida fisicamente ativa até agora. Meus dias eram cheios de gente e de solidão. Não existe isso de não escrever sozinho, mas podia ver que precisava fazer alguns planos. O único plano era a minha *villa* com seu pé de romã, suas acácias-mimosas, sua lareira em forma de ovo de avestruz e o rio e o barco a remo chamado *Sister Rosetta*. Eu não tinha um plano B, mas na vida você precisa de alguns Bs. Tomei café no porto, segurando a xícara com a mão esquerda porque sentia pontadas agudas de dor na mão direita machucada.

Um homem escovava o rabo de sua mula branca, a sela decorada com miçangas e fitas. Em dias muito quentes, guarda-sóis eram abertos a fim de fazer sombra para os burros que esperavam para carregar a bagagem dos turistas morro acima. Duas das mulas estavam lambendo água numa calha de aço. De modo geral, eu preferia minhas bicicletas elétricas para carregar minhas coisas. Elas não tinham olhos.

Meu melhor amigo chegou à ilha.

"Escute," eu disse, "não quero saber nada sobre você e Helena."

Estávamos compartilhando um prato de polvo grelhado. Era um gosto interessante, mas eu já não achava certo comer a criatura mais inteligente do mundo. Meu melhor amigo tinha um tentáculo saindo da boca. O polvo era tão mais inteligente do que ele.

"Helena e eu só estamos passando tempo", ele disse. "Às vezes é bom. Você deveria fazer isso com mais frequência também."

Começou a me contar um sonho recente. Eu estava bastante envolvida com a dor no ombro. Um gato subiu ao meu lado e colocou as duas patas na minha coxa esquerda. Seus olhos estavam fechados, mas eu sabia que ele podia sentir o cheiro do polvo e estava esperando para atacar.

"Achei que você, entre todas as pessoas, ia se interessar pelo meu sonho", ele resmungou. "Desde que caiu naquela pedra com seus brogues de dândi você tem estado malvada e mal-humorada."

Eu estava pensando na cena de abertura do roteiro para a produtora de cinema grega. Seu título provisório, *Uma mulher, seu amante, seu marido e sua mãe*, me preocupava. Estava prestes a pedir ao meu melhor amigo para me falar de sua mãe quando me dei conta de que a conhecia. Afinal, ele e eu éramos amigos desde os catorze anos. Sua mãe tinha cabelos loiros curtos quando ele e eu éramos jovens, um tipo de *pixie* que ressaltava suas feições charmosas de menino. Ela parecia uma criança abandonada, era mais infantil do que as amigas adolescentes do filho e usava um cinto de couro azul brilhante e muito bacana em torno da cintura fina. Como era possível que a nova namorada do meu melhor amigo se transformasse na mãe do amante dela? O garçom nos trouxe tigelas de iogurte coberto com uma espécie de geleia de cenoura que cheirava a gerânios. Isso era definitivamente algo que eu poderia acrescentar ao cardápio do Garotas & Mulheres. Meu melhor amigo ainda falava sobre seu sonho. Eu estava muito mais interessada na fusão de mãe e amante, mas contei a ele sobre um poema que estava lendo de Robert Desnos. Por acaso era intitulado "Sonhei tanto contigo".

Sonhei tanto contigo que você está perdendo a realidade.

O mesmo poderia ser dito dos meus sonhos imobiliários. Meu castelo de areia estava perdendo a realidade. Como, de todo modo, não era real, talvez isso fosse bom. Na verdade, não me parecia muito bom. No entanto, desde que aquele fio implacável de areia escorrera pelo buraco na parede da casa alugada, era como se meus sonhos imobiliários também estivessem se desmanchando, lenta mas definitivamente. Doía abandonar meu casarão antigo com o pé de romã no jardim, mas eu estava preparada para considerar possível que, assim como minha casa alugada, eu própria não fosse desmoronar. Uma mosca pousou na geleia de cenoura. Ficou muito quieta e atordoada. Seduzida e sedada pelo veneno delicioso, doce e intoxicante, parecia ter ficado paralisada pelo açúcar.

Talvez meus sonhos imobiliários fossem o açúcar; e eu, a mosca?

"Você está se afastando de mim", meu melhor amigo disse. "Posso senti-la flutuando na direção do mar." Na verdade, eu estava voltando à terra firme. O buraco na parede era um portal, não para outro mundo, mas para este mundo, no qual eu procurava incessantemente um lar, como se fosse um amante esquivo.

Algumas mensagens chegaram ao meu telefone. Dei uma olhada. Minhas filhas confirmaram a hora em que chegariam no dia seguinte. A produtora de cinema grega queria marcar outra reunião, desta vez em Atenas. Aparentemente, uma janela do meu apartamento no prédio malconservado na ladeira se abrira com o vento e o vidro rachara.

Um pequeno barco entrou ao porto de Kamini. O capitão saiu do barco e entregou uma sacola a um menino.

Estava cheia de pargo-vermelho. Logo o vento começaria a soprar. O mistral, ou *maistros*, estava chegando. Eu teria que fechar todas as venezianas da casa alugada.

"Vou te dizer algo para pensar." Meu melhor amigo pegou minha mão machucada e a apertou carinhosamente. Eu gritei. Ele continuou, mesmo assim. "Helena e eu sabemos como compartilhar um dia. Não sei se você sabe como compartilhar seu dia. Só se divertir com outra pessoa, sabe. Você simplesmente não é capaz disso."

O gato tinha acabado com o polvo, o iogurte e a geleia de cenoura. A conversa regressou a Nadia. Percebi que ele falava dela no passado.

"Nadia era mortalmente linda, mas totalmente inacessível. Foi o que achei atraente, mas quando visitei você em Paris já não achava mais."

"Então você se meteu com Helena", falei.

"Ah, então você vai voltar a falar disso", ele disse. "O que me foi transmitido por Nadia é que eu não era o tipo de homem que ela achava digno dela. Nunca me respeitou. Ah, meu Deus, estar com Helena é um alívio. Sou exatamente o homem com quem ela acha que deveria estar, e por que isso não me faria feliz?"

Eu entendia o que ele estava querendo dizer. Era capaz de deslizar de uma mulher para outra do mesmo modo como vestia suas calças todas as manhãs. Sugeri que, se seu terceiro casamento estivesse com problemas, ele deveria ficar sozinho por um tempo.

Ele parecia horrorizado. Por que faria isso? Não havia necessidade. E já que estávamos falando desse assunto, por que eu não deixava de ficar sozinha por um tempo? Isso seria bom para mim, aparentemente. Mais uma vez, eu entendia o que ele estava querendo dizer. "A propósito,"

ele disse, "vamos tomar café da manhã juntos amanhã."
Eu não tinha ideia de por que ele estava falando do café
da manhã enquanto jantávamos. Pelo visto, ele não queria
ficar sozinho nem por uma única hora.

Eu estava pensando nas palavras de Helena em Paris.
*Ele me falou de Nadia a noite inteira. Pode acreditar
em mim, chovia Nadia sobre nós dois no quarto.*

Nadia chovia sobre ele agora, ali na Grécia, encharcando-o
com seu amor confrontante sob o sol quente, e isso me
fez pensar em quando passei de bicicleta, sob a chuva
de Londres, pela estátua de Peter Pan em Kensington
Gardens. Estava chovendo sobre o menino Peter, que nunca poderia crescer e aceitar o peso das responsabilidades
adultas. A base da estátua estava cercada por pequeninos
ratos, esquilos e fadas de bronze. Peter estava tocando um
trompete ou flauta, trancado em sua infância para sempre. De repente me ocorreu que meu melhor amigo e eu
tínhamos a mesma idade. Nadia, doze anos mais nova que
ele, recusou-se a tirar todas as responsabilidades adultas
de seus ombros. Ela se sentia atraída pelo homem adulto
dentro do menino e queria que ele ingressasse no mundo, não invencível, mas capaz, um homem que pudesse
amar uma mulher e não exigisse que ela fosse uma eterna
menina. A mãe dele, contudo, tinha sido uma eterna menina. Ele não conseguia interromper o circuito. Helena
era 25 anos mais nova que ele. Estava feliz em voar por
um tempo com seu tiozão jovial, sem paraquedas, sem
capacete. Gostava dele tal como era, mas ele não gostava
de si mesmo tal como era.

O gato estava agora a caminho do seu colo.

"A propósito," ele disse outra vez, "não se esqueça
do nosso café da manhã amanhã." Ele combinou consigo

mesmo que nos encontraríamos às seis da manhã seguinte. Sim, ele voaria até o mercado local para comprar pão e ovos. Usou esse termo, *voaria*. Pelo visto, de repente ele se tornara um madrugador, até mesmo alguém que voava de madrugada.

Na manhã seguinte, por volta das cinco e meia, decidi dar uma breve nadada antes do nosso café da manhã. Caminhei até minha rocha favorita e mergulhei. Foi um tipo peculiar de mergulho por causa do meu ombro machucado. O Egeu é o mar dos deuses. É ambrosia. Néctar. Morno, mas não morno demais. É amigável e delicioso, como ser abraçada por um corpo que não está colado demais nem distante demais. Lava a dor da minha esperança frustrada de um amor duradouro, conecta-me com minha mãe, que me ensinou a nadar, acalma meus medos sobre o futuro, alivia a turbulência de meu casamento desfeito, ajuda-me a alcançar ideias e ao mesmo tempo esvazia minha mente, aproxima-me tanto da vida quanto da morte. Não sei por que, mas faz isso.

A breve nadada se transformara numa longa nadada, talvez um quilômetro e meio ao redor das pequenas enseadas de seixos. Deitei-me numa pedra para recuperar o fôlego, olhando para as oliveiras e depois para o céu e para as colinas onde as mulas e os burros pastavam no capim-dourado que crescia em torno das pedras descoloridas pelo sol. Um bando de passarinhos voou de um ninho invisível para outro ninho, logo acima das figueiras debruçadas sobre os caminhos costeiros. Isso significava que tinham ido para casa ou estavam apenas visitando amigos?

Meu cabelo secava ao sol da manhã; meus pés estavam morenos; minha pele, suave; meu corpo, saciado pelo mar, pelo sal e pelo sol. Percebi que não estava compartilhando o dia com meu amigo. Talvez fosse verdade que eu não sabia como compartilhar meu dia. Procurei meu telefone. Havia seis mensagens na tela e agora eram oito e meia. Duas eram das minhas filhas. As outras quatro eram do meu melhor amigo, que partira cedo no barco para a ilha de Poros, onde ia se encontrar com Helena. É por isso que ele queria que o café da manhã fosse às seis.

Eu ri naquela pedra por um bom tempo. Talvez ele tivesse metido uma flauta no bolso e os pequenos animais de Poros fossem se reunir ao redor de seus pés quando ele desembarcasse, o terceiro anel de casamento brilhando ao sol enquanto ele acenava para sua nova jovem amante.

> É preciso amar muito os homens. Muito, muito. Amá-los muito para amá-los. Sem isso, não é possível, eles são insuportáveis.
>
> Marguerite Duras, *A vida material* (1987)

Eu gostava muito do meu melhor amigo, ponto final.

Fui até o porto e desfrutei o meu café da manhã com as grandes barcaças industriais enferrujadas que transportam mercadorias até a ilha: máquinas de lavar, melancias, sacos de farinha, garrafas d'água. O garçom tinha uma tatuagem perto da orelha. Disse que as letras formavam *Peitho*, o nome da namorada. Comprei doze laranjas na mercearia e caminhei de volta para casa. Ao chegar lá, na casa que parecia a sombra da casa pela qual eu ansiara durante toda a minha vida, reguei as vinhas abandonadas e o arbusto de madressilvas semivivo, enquanto as cigarras, naquele desejo infinito, cantavam no alto e antigo pinheiro. Varri o terraço e o lavei com a mangueira e, aproveitando o ensejo, lavei-me com a leve água da chuva do poço.

Nenhuma parte desse imóvel me pertencia, mas eu sentia que pertencia a ele.

Escrevi todos os dias em seu sótão comprido de madeira e finalmente reconheci que não tinha uma relação tranquila com a língua porque sinto amor por ela. Perguntei-me: que tipo de amor? A língua é um canteiro de obras. Está sempre em processo de construção e conserto. Pode desmoronar e ser criada outra vez.

Eu estava feliz coabitando com minha casa alugada. Enquanto lavava com a mangueira a mesa de pedra e o banco no terraço, senti-me muito, muito triste com o fato de que ser sua dona estava fora do meu alcance. Parecia um golpe, uma humilhação, como se de alguma forma eu tivesse falhado em fazer uma história se desenrolar conforme eu planejara e terminar com um antigo sonho sendo realizado. Eu teria que aceitar que simplesmente não sabia como dobrar a história a meu favor. Não precisaria chamar um eletricista para consertar os ventiladores do ar-condicionado no teto ou um gesseiro para tapar o buraco na parede. Teria sido como consertar uma parte de mim mesma.

No entanto, meu encontro com essa casa alugada era um escárnio, uma provocação; fazia com que eu me sentisse mais viva. Se eu estava cheia de desejo por seu ambiente e graça, o fato de não ter os meios para comprá-la apenas acelerava meu desejo. Talvez não fosse a casa, mas o próprio desejo que fazia com que eu me sentisse mais viva.

> Talvez seja bom guardarmos alguns sonhos com uma casa que habitaremos mais tarde, sempre mais tarde, tão tarde que não teremos tempo de concretizá-la.
> Gaston Bachelard, *A poética do espaço* (1957)

Ao longe, podia ouvir o retinir de um sino. Uma mula subia a colina. Carregava uma geladeira nas costas, no calor do fim da tarde. Isso me fez pensar nos cavalos de madeira parados no parapeito da janela do prédio dilapidado na ladeira, no norte de Londres. Eles se pareciam com os cavalos antigos que outrora foram pintados nas paredes das cavernas. Os corredores sombrios pareciam distantes. Eu não tinha certeza se queria voltar para eles. Não que tampouco quisesse criar uma vida de fantasia naquela ilha, de jeito nenhum, mas pela primeira vez desde que desfizera a casa da família senti que não precisava ser punida e andar por aqueles corredores todo dia.

Entrei na cozinha e vi as laranjas que havia comprado no porto. Haveria um utensílio nos armários para espremer seu suco? Vasculhei e o encontrei escondido debaixo de um coador. Foi um esforço espremer doze laranjas com aquele objeto primitivo de plástico. Coloquei o suco numa jarra, joguei um punhado de cubos de gelo dentro e coloquei a jarra na geladeira. Sentia-me animada enquanto voltava ao porto para esperar o barco, o Flying Cat, que traria minhas filhas para a ilha. Elas teriam que subir 63 degraus para chegar àquela casa temporária e amorosa.

Era uma agradável tarde de outono no porto. Os sinos da igreja tocavam. A grande novidade na cidade era que a padaria havia acrescentado uma torta de queijo doce à sua seleção de pastelaria. Burros e mulas, amarrados uns aos outros junto aos barcos, esperavam o próximo fardo. Enquanto me misturava à multidão, perguntava-me se me considerava um personagem feminino de sessenta anos ainda não escrito esperando que suas filhas chegassem no Flying Cat.

Ou será que me considerava um personagem feminino de sessenta anos que estava continuamente reescrevendo o roteiro do início ao fim?

Eu era essas duas mulheres.

Então, agora que eu era um personagem feminino de sessenta anos, ao mesmo tempo ainda não escrito e constantemente reescrevendo o roteiro, o que eu valorizava, possuía, descartava e legava?

"Dá um tempo", eu disse a mim mesma no porto. Basta trabalhar longas horas para pagar as contas e alugar uma casa ao sol e não conduzir seu cavalo alto pela beira de um penhasco numa terça-feira.

É suficiente.

O navio atracou no abrigo do porto. Dois homens correram para pegar as cordas que o prenderiam à ilha. O

Flying Cat abriu as portas e uma lufada de gasolina soprou na noite quente. Acenei para minhas filhas (sem aliança no dedo), nós três sorrindo e gritando alôs enquanto elas desciam a rampa com a bagagem. Quando as convidei para tomar suco de laranja gelado no jardim de nossa casa alugada, elas disseram que preferiam uma cerveja gelada. Mas e as doze laranjas que eu tinha passado uma hora espremendo naquele velho utensílio de plástico, tirando os caroços e o bagaço? Elas não queriam que lhes dissessem o que fazer, ponto final.

Encontramos um bar junto ao porto e nos juntamos aos homens de barba prateada jogando gamão, lançando os dados, mexendo nas contas das suas pulseiras *kombolói*. Uma multidão de adolescentes estava sentada numa mesa próxima, trançando os cabelos umas das outras. O menino que havia recebido a sacola cheia de pargo-vermelho agora comia *gyros* com o pai. Enquanto minhas filhas bebiam sua cerveja, que se chamava Mythos, e me davam notícias da bananeira que eu havia comprado na Shoreditch High Street, eu ainda estava procurando as respostas para minhas perguntas.

Suponho que o que mais valorizo são as relações humanas verdadeiras e a imaginação. É possível que não haja modo de ter uma sem a outra. Levei muito tempo para descartar a vontade de agradar àqueles que não desejam o melhor para mim e que não podem viver comigo de forma afetuosa. Sou dona dos livros que escrevi e lego os direitos autorais para minhas filhas. Nesse sentido, meus livros são meus bens imobiliários. Não são propriedade privada. Não há cães ferozes ou seguranças no portão, e não há placas proibindo as pessoas de mergulhar, espirrar, beijar, fracassar, enfurecer-se ou sentir medo ou ser ternas ou chorosas, apaixonar-se pela pessoa errada, enlouquecer, ficar famosas ou brincar na grama.

Este livro foi composto com tipografia Adobe Garamond Pro e impresso em papel Off-White 80 g/m² na Formato Artes Gráficas.